हिन्द पॉकेट बुक्स

सफलता के सूत्र

संतराम बी. ए. प्रसिद्ध समाज सुधारक और हिन्दी के लेखक थे। संतराम का जन्म पंजाब में होशियारपुर के बस्ती गाँव में 1886 ई. में हुआ था। उनकी आरम्भिक शिक्षा बजवाड़ा के हाई स्कूल में हुई थी। 1909 में उन्होंने गवर्नमेंट कॉलेज, लाहौर से बी. ए. की परीक्षा पास की। तभी से वे संतराम बी. ए. के नाम से प्रसिद्ध हुए। वे उच्चकोटि का लेखन करते थे। इसलिए सभी प्रमुख पत्र-पत्रिकाएँ उनके निबन्धों को स्थान देती थीं। उन्होंने अपने जीवन में एक सौ से अधिक पुस्तकों की रचना की। उनकी आत्मकथा समकालीन दलित-विमर्श में विशेष रूप से प्रासंगिक हो उठी है। *जाति-पाति तोड़क* पत्र के भी वे सम्पादक थे। उनका कहना था कि, 'नैतिक श्रेष्ठता, चरित्र निर्माण और समाज की गंदगी दूर करना मेरे जीवन का मुख्य ध्येय रहा है, और यही लक्ष्य मेरे पूरे साहित्य में पाया जाता है'। उनका दृढ़ मत था कि, जब तक प्रान्तीयता और जातीयता नहीं छोड़ी जाती, तब तक सुदृढ़ राष्ट्र की कल्पना करना भी बेकार है।

सफलता के सूत्र

संतराम बी. ए.

हिन्द पॉकेट बुक्स
पेंगुइन रैंडम हाउस इम्प्रिंट

हिन्द पॉकेट बुक्स

यूएसए। कनाडा। यूके। आयरलैंड। ऑस्ट्रेलिया। सिंगापुर
न्यू ज़ीलैंड। भारत। दक्षिण अफ्रीका। चीन

हिन्द पॉकेट बुक्स, पेंगुइन रैंडम हाउस ग्रुप ऑफ़ कम्पनीज़ का हिस्सा है,
जिसका पता global.penguinrandomhouse.com पर मिलेगा

पेंगुइन रैंडम हाउस इंडिया प्रा. लि.,
चौथी मंजिल, कैपिटल टावर -1, एम जी रोड,
गुड़गांव 122 002, हरियाणा, भारत

पेंगुइन
रैंडम हाउस
इंडिया

प्रथम हिन्दी संस्करण हिन्द पॉकेट बुक्स द्वारा 1967 में प्रकाशित
यह हिन्दी संस्करण हिन्द पॉकेट बुक्स में पेंगुइन रैंडम हाउस द्वारा 2022 में प्रकाशित

10 9 8 7 6 5 4 3 2

इस पुस्तक में व्यक्त विचार लेखक के अपने हैं, जिनका यथासंभव तथ्यात्मक
सत्यापन किया गया है, और इस संबंध में प्रकाशक एवं सहयोगी
प्रकाशक किसी भी रूप में उत्तरदायी नहीं हैं।

ISBN 9789353494421

मुद्रकः रेप्रो इंडिया लिमिटेड

www.penguin.co.in

FSC www.fsc.org MIX Paper from responsible sources FSC® C047271

क्रम

मनोहर बनिए

कुमारी मनोरमा एक सुन्दर लड़की है। उसके बाल धुंघराले, तोते की चोंच जैसी नुकीली नाक और गौर वर्ण है। वह सदा चुस्त वेश धारण किए रहती है। उसकी सहेली सुषमा कह रही थी कि जब मुझे उसके साथ अपनी पहली भेंट का विचार आता है, तो उसकी ये चीजें मेरे मन में नहीं आतीं। जब मैं उसके घर के द्वार पर पहुंची तो कुमारी मनोरमा कुरसी उठाए मेरे पास आई और बोली, "क्या आप बैठने की कृपा नहीं करेंगी?" उसकी उस सौम्यता और सेवाभाव ने ही मुझे सबसे पहले प्रभावित किया। छोटे से छोटे काम में भी दिखलाया हुआ यह सद्गुण मनुष्य में मनोहरता लाने में बड़ा सहायक सिद्ध होता है।

एक जगह स्त्रियों की सभा लगी थी। वहां सब कोई श्रीमती विद्या से ही बातचीत करने के लिए उत्सुक दीख पड़ती थीं। उसी सभा की एक दूसरी सदस्या श्रीमती कांता से दूसरी स्त्रियां इतनी घृणा करती थीं कि वे उसे 'सिरदर्द' कहती थीं।

कांताने बड़े सुन्दर वस्त्र पहन रखे थे। उसने अपना मुखमण्डल, केश और नाखून खूब संवार रखे थे। परन्तु वह इतनी बनी-ठनी थी कि इस डर से कि कहीं मेरा रूप न बिगड़ जाए वह दुसरी स्त्रियों के हंसी-विनोद में सम्मिलित होते घबराती थी।

श्रीमती विद्या भी अपने रंग-रूप की उपेक्षा नहीं करती थी। परन्तु उसे दूसरे लोगों के जीवन को सुखी बनाने का जितना ध्यान था उतना अपने मुखमण्डल, केशपाश, नाखून, वेश-भूषा और हाथों को बना-ठनाकर रखने का नहीं। वह किसी भी ऐसे खेल-तमाशे, ऐसे मनोविनोद में भाग लेने को सदा तैयार रहती थी जिसमें सारी मण्डली को आनन्द आता हो।

यदि वह समझती कि किसी एक विशेष खेल में मण्डली की किसी एक

स्त्री को प्रसन्नता होगी या इससे मण्डली के आनन्द में वृद्धि होगी तो वह सबसे पहले उसका सुझाव देती या उसे संगठित करती या यदि कोई दूसरी उसका सुझाव देती तो उसके अनुसार कार्य करती।

श्रीमती विद्या में एक और भी लुभावना सदगुण था। वह दूसरे लोगों में सच्ची दिलचस्पी ले सकती थी। जब वह किसी व्यक्ति से बातचीत कर रही होती थी तब वह अपने को उस दूसरे व्यक्ति के स्थान में कल्पना करने का यत्न करती और समझदारी के प्रश्न पूछती। श्रीमती विद्या के लोकप्रिय होने का एक बड़ा कारण यही बात थी।

किसी भी दूसरी चीज़ से बढ़कर दूसरों में सच्ची दिलचस्पी लेना ही हमें दूसरों की दृष्टि में मनोहर बनाता है।

एलफ्रेड एडलर अपनी पुस्तक, 'व्हाट लाइफ वुड मीन टू यू', में कहता है—"बड़ा मनुष्य मानव-जीवन की समस्याओं का सफलतापूर्वक सामना करता है। वह इस प्रकार कार्य करता है, मानो वह इस बात को पूरी तरह स्वीकार करता है कि जीवन का अर्थ दूसरों में अनुराग और सहयोग है।"

डेल कारनेगी अपनी पुस्तक, 'लोक-व्यवहार', में कहता है—"दूसरे लोगों में दिलचस्पी लेनेवाले बनकर आप दो मास में जितने मित्र बना सकते हैं उतने दूसरे लोगों को आपमें दिलचस्पी लेने वाला बनाने का यत्न करके दो वर्ष में भी नहीं बना सकते।"

जिन लोगों को आप लुभावना समझते हैं, यदि आप उनमें से कुछ पर विचार करेंगे तो आप उनमें मनोहरता का एक दूसरा महत्त्वपूर्ण उपादान 'हृदय की विशालता' पाएंगे।

जो स्त्रियां या पुरुष तुच्छ-तुच्छ-सी बातों को अनदेखी करके अपना सारा ध्यान बड़े विचारणीय विषयों पर रखते हैं उनमें कोई आश्चर्यजनक चीज़ रहती है।

एक व्यक्ति में अनेक दोष थे। एक बार उसने बताया—"तुच्छ एवं नगण्य बातों की चिन्ता न करने की मैंने अपने को शिक्षा दी है। जब कोई बात मुझे चिन्तातुर करने लगती है, तो मैं सोचता हूं कि सौ वर्ष की अवधि में इसका क्या महत्त्व होगा या यह मुझे कितने सौ रुपये में पड़ेगी। इससे वह

चिन्ता तुरन्त मिट जाती है।"

ग्रेट ब्रिटेन के भूतपूर्व प्रधानमन्त्री स्वर्गीय सर विन्स्टन चर्चिल का एक बड़ा सद्गुण, जिसकी सब कोई भारी प्रशंसा करता था, चित्त की उदारता था। कहा जाता है कि वह नगण्य बातों के लिए कभी अपना जी नहीं दुखाता था। वह कभी द्वेष नहीं करता था। वह कभी शिकायत नहीं करता था। यह सदगुण मनोहरता के लिए बड़ा महत्त्वपूर्ण है। हमें इस सद्गुण को अपनाने का प्रयत्न करना चाहिए।

सर विन्स्टन चर्चिल के व्यक्तित्व का दूसरा महत्त्वपूर्ण गुण यह था कि वह सदा स्वाभाविक रहता था, सदा अपने-आपमें रहता था। आप कभी कल्पना भी नहीं कर सकते थे कि वह किसी दूसरे का अनुकरण करने का यत्न कर रहा हो, या दूसरों का अनुमोदन प्राप्त करने के यत्न में मह बना रहा हो।

जो लोग अपने में आकर्षक व्यक्तित्व उत्पन्न करना चाहते हैं, उनके लिए सभी मनोविज्ञानी 'अपना आप होना' पर बल देते हैं। यह सदगुण भी हम अपने में विकसित कर सकते हैं।

लुई ई० विस्च नामक एक विद्वान बड़ी अवस्था की स्त्रियों को मनोहर बनने की रीति बताते हुए कहता है—"जो कुछ तुम हो वही बनी रहो। किसीका अनुकरण करने या दूसरों के नमूने में अपनेको ढालने का प्रयत्न मत करो।" लोग आपको क्या समझते हैं, इस बात की चिन्ता बिलकुल न कीजिए। बड़ौदा-नरेश स्वर्गीय सयाजीराव गायकवाड़, गांधीजी और लालबहादुर शास्त्री के इतना लोकप्रिय होने का एक कारण यह भी था कि उनमें बनावट नहीं थी। जब भी उन्हें देखिए, वे वही दीख पड़ते थे जो वे थे। वे कभी अपनेको बड़ा महात्मा या शक्तिशाली उच्चाधिकारी प्रकट करने का यत्न नहीं करते थे। हम सबके लिए भी मनोहरता का रहस्य यही है—बनावट को छोड़कर ठीक वही होना जो कि हम वास्तव में हैं और इस बात का प्रयास करना कि जो कुछ हम हैं उससे अधिक अच्छे या अधिक महत्त्वपूर्ण न दीख पड़ें।

यदि, जो कुछ लोग सोचते हैं कि आपको यह होना चाहिए, वही होने का यत्न करने का स्वभाव आपमें पड़ चुका हो तो इस लत को छोड़ने की रीति यह है कि आप अपना जी दुखाना छोड़ दीजिए।

ज कुछ आप सोचते हैं वास्तव में वही महत्त्वपूर्ण है। इसके लिए आपको केवल इतना ही आवश्यक है कि अपने लक्ष्य पर विचार करने और उसपर आचरण करने पर अपना सारा ध्यान एकाग्र कर दीजिए।

दूसरे लोगों को सहायता देने के लिए जितना अधिक आप अपने विचारों को विकसित कर सकेंगे उतना ही अधिक आपका व्यक्तित्व विकसित होगा और उतना ही अधिक मनोहर आप होते जाएंगे।

वाक्पटु बनिए

यदि आप अच्छा वार्तालाप करनेवाला बनना चाहते हैं तो न तो प्राणखाऊ हूजिए और न गूंगे ही। ये दोनों ही आदतें वार्तालाप के लिए मत्यु के समान हैं।

जो मनुष्य चाहता है कि दूसरे लोग ही उसकी बातें सुनते जाएं और वह स्वयं किसी दूसरे की बात ही न सुने, वह प्राणखाऊ होता है। उसे कोई भी चीज़ एक ओर हटा नहीं सकती। न तो बीच में रोकने से और न हर्ष-ध्वनि करने से वह बोलना बंद करता है। उसकी दिलचस्पी केवल उसके अपने-आपमें या जो कुछ वह कहता है उसमें होती है।

यह कोई आश्चर्य की बात नहीं कि लोग, जो कुछ वह बोलता जाए, उसे बोलने की खुली छुट्टी दे देते हैं या मनहूस मुंह बनाकर उसे सहन करते हैं।

दूसरी ओर चुपचाप बैठा रहने वाला व्यक्ति भी वैसी ही समस्या होता है। वह धीरे से 'हां' या 'न' कहने के सिवा न तो कुछ अपनी ओर से कहता है और न किसी बात का उत्तर ही देता है। ऐसे व्यक्ति के साथ वार्तालाप मनुष्य को बहुत थका देता है।

वार्तालाप क्या है ? जैसा कि इस शब्द से ही प्रकट है, इकट्ठे मिलकर

बातचीत करना ही वार्तालाप है। इसमें देना और लेना दोनों होने चाहिए। इसके बिना यह आनन्ददायक नहीं हो सकता। वार्तालाप में एक-दूसरे के विचारों तथा कल्पनाओं का आदान-प्रदान होता है।

आप अपनी बातचीत करने की योग्यता को सर्वोत्तम रीति से कैसे विकसित कर सकते हैं ? यह बात निश्चित है कि अनेक लोग भली भांति वार्तालाप इसलिए नहीं कर पाते क्योंकि बातचीत करने की जो कला है, उसपर उन्होंने कभी यथेष्ट ध्यान नहीं दिया। पहली बात तो यह है कि यदि दूसरे की संगति में आप बहुत अधिक लज्जाशील हो जाते हैं, तो उस लज्जाशीलता को अपने मन में से निकाल दीजिए। आप चाहे किसीसे भी बातें कर रहे हों, अपने को बहुत घटिया न समझिए। अपने-आपसे कहिए, "जिन लोगों से मैं मिलने को हूं, हो सकता है कि मैं उनके समान विद्वान या उन जैसा तीव्रबुद्धि न हूं, परन्तु मैं न तो मन्दबुद्धि हूं और न मूर्ख हो।"

जो बात कीजिए, घबराकर नहीं, शान्तिपूर्वक कीजिए, चाहे आपके मन में घबराहट ही क्यों न हो। इससे शान्ति अपने-आप आ जाएगी। अपने पड़ोसी से बातचीत कीजिए, चाहे सुख-शान्ति की ही बात क्यों न पूछी जाए।

जिन लोगों से आपका परिचय कराया जा रहा है, उनको बड़े ध्यान से देखिए। उनके नाम अच्छी तरह याद रखिए और उनसे मित्रोचित रीति से, मुस्कराते हुए मिलिए। इन छोटी-छोटी बातों का दूसरों पर जो प्रभाव पड़ता है, वह आपके लिए अच्छा है। अनजाने में ही इससे आपको आनन्द मिलेगा तथा आपका मनोबल बढ़ेगा।

लोगों की प्रायः कोई भी मंडली हो उसमें वार्तालाप दो प्रकार का होता है—हलकी बातचीत और अधिक महत्त्वपूर्ण विषय। हलकी प्रकार की बातचीत प्रायः बातें करने के लिए ही की जाती है, परन्तु ऐसी बातचीत को भी घृणा की दृष्टि से नहीं देखना चाहिए। इससे बातचीत करना सीखने का आरम्भ होता है। कई लोग ऐसे हैं जो अभिमान से कहते हैं कि हम छोटे-मोटे विषयों पर वार्तालाप नहीं किया करते। "मैं तभी बातें करता

हूं जब मेरे पास कहने के लिए कुछ होता है।” यह बात को बहुत बढ़ाकर कहना है।

छोटी तथा सामान्य कथोपकथन छिछले एवं मर्महीन होते हुए भी बातचीत को चालू रखने के लिए महत्त्वपूर्ण होते हैं।

स्त्रियों के किसी भी समूह में 'बच्चे, कपड़े और खाना-पकाना' वार्तालाप का विषय होना निश्चित है। भोजन बनाना और बर्तन धोना पुरुषों के लिए भी अब सम्भव हो गया है। लन्दन के एक क्लब में दो जजों को रकाबी धोने की सर्वोत्तम रीति पर बातें करते किसीने चोरी से सुना था।

ऐसी छोटी बातचीत में लज्जाशील या मौन भाववाले व्यक्ति के लिए संपर्क बनाना आसान मालूम होगा। किसी प्रश्न का उत्तर केवल 'हां' या 'नहीं' में देने के स्थान पर उसमें अपना भी कोई थोड़ा सा विचार प्रस्तुत करने का पूर्ण यत्न कीजिए। समझदारी का वार्तालाप केवल छोटी बातचीत पर ही जीवित नहीं रह सकता। इसलिए अच्छा वाक्‌पटु बनने के लिए अच्छा ज्ञानवान होने की आवश्यकता है। समाचार, प्रचलित सरकारी काम, टेलीविजन के कार्यक्रम आदि—ये सब वार्तालाप के विषय हैं।

अपनी दिलचस्पियों को विस्तृत करने का यत्न कीजिए। ताकि जब आप किसी ऐसे व्यक्ति से मिलें जिसे आप भली भांति नहीं जानते, या आप किसी साधारण सभा में जाएं, तो अपने को अज्ञानी अनुभव न करें, या यह न समझें कि मेरे पास कहने के लिए कुछ नहीं।

इससे कोई मतलब नहीं कि आप किस विषय पर बात कर रहे हैं। दो-एक ऐसे सामान्य सूत्र हैं जिनपर आपको भली भांति ध्यान देना चाहिए।

एक अच्छा वार्तालाप करनेवाला किसी भी बात को बहुत अधिक लम्बा नहीं ले जाएगा, जब तक कि उसे यह ज्ञान न हो कि दूसरा सननेवाला भी उसमें दिलचस्पी रखता है। वार्तालाप में केवल स्वयं ही नहीं बोलते जाना चाहिए, दूसरे को भी बोलने का अवसर देना चाहिए।

इस बात का ध्यान रखिए कि कोई बहुत झगड़े का विषय वार्तालाप में न लाया जाए। राजनीति, सम्प्रदाय और यौन विष य को यदि बिलकुल दूर न

रखा जा सके, तो इनपर बड़ी सावधानी के साथ बातचीत होनी चाहिए।

वार्तालाप का सौजन्य चाहता है कि जो कुछ दूसरा व्यक्ति कह रहा है, उसे वह समाप्त कर लेने दिया जाए; चाहे आपके मन में कोई कितनी ही कौतूहलपूर्ण कहानी सुनाने की गुदगुदी क्यों न उठ रही हो। कभी न तो बीच में टोकिए और न ही प्रतिवाद कीजिए। "यह गलत है," या "यह सच नहीं," कहने के स्थान पर कहिए—"क्या आपका विचार नहीं कि...?"

वार्तालाप अपने-आपमें कोई लक्ष्य नहीं, वरन् लोगों के अच्छे साथी बनने का एक साधन-मात्र है। जो भी चीज़ सद्भावना और साथीपन को क्षति पहुंचानेवाली हो उससे दूर रहना चाहिए।

परन्तु हो सकता है कि यह सब आपमें हो और आप परिश्रमपूर्वक इसका अभ्यास भी करते हों, इसपर भी आप पूरी तरह अच्छे वार्तालाप करनेवाले न बन सकेंगे, जब तक कि आपको दूसरे लोगों में सच्ची मित्रोचित दिलचस्पी न हो। यही वह कमी है जो बहुतसे लोगों को विफल बना देती है।

यदि आप वार्तालाप में दूसरे लोगों के साथ वास्तविक संपर्क बनाना चाहते हैं तो आपके लिए आवश्यक है कि आप उनमें दिलचस्पी लें और आपकी वह दिलचस्पी अकृत्रिम हो। दूसरे व्यक्ति के हित की दृष्टि से बात कीजिए। जब आपकी बारी आएगी तो आपके पास अपने विषय में बातें करने के लिए बहुतेरा समय होगा। अपने-आपको दूसरे के स्थान में रखिए। किन बातों में उसका अनुराग है ? वह कहां रहता है ? वह क्या व्यवसाय करता है ? उसका शगल क्या है ? कौन चाल चलने से यह काम दे सकता है ? हो सकता है कि इस व्यक्ति के विषय में आपको पहले ही कुछ बातें मालूम हों। डेल कारनेगी ने क्या खूब कहा है—"किसी व्यक्ति के हृदय में पहुंचने का मार्ग उन चीज़ो के बारे में बातें करना या बातें सुनना है, जो उसे सबसे अधिक प्रिय हैं। आप देखेंगे कि प्रत्येक व्यक्ति पर किसी न किसी चीज़ का प्रभाव अवश्य होता है। एक माता अपने बच्चों के बारे में तत्परता के साथ बातें करने लगेगी, एक नवयुवक अपने प्रिय खेलों के बारे में और इसी प्रकार दूसरे व्यक्ति।"

पांच सूत्र

अच्छा वार्तालाप करनेवाला सदा वही व्यक्ति होता है जो अच्छा श्रोता भी होता है। उसे सदा ज्ञान रहता है कि कौन प्रश्न पूछना ठीक और उचित है। वह सदा दूसरे व्यक्ति की भावनाओं, हितों और जीवन का ध्यान रखकर सोचता है।

सच्चे हृदय से किए जानेवाले वार्तालाप से अनेक समस्याओं का समाधान हो जाता है। सबसे बढ़कर इसके हर्षजनक परिणाम होते हैं। किसीने ठीक ही कहा है कि दिलचस्पी रखनेवाला व्यक्ति सदा दिलचस्प हुआ करता है।

जब हम किसी प्रसंग में अथवा उन लोगों में जिनसे हम मिलते हैं, दिलचस्पी रखते हैं तभी हमारा सबसे अच्छा रूप होता है।

इस प्रकार वार्तालाप मित्रता का फाटक है। किसी आकर्षक विषय पर विचारों के आदान-प्रदान में कोई सांझे की दिलचस्पी पा लेना कितना उत्साहवर्धक होता है, जो भविष्य में आपके और इस व्यक्ति के बीच एक कड़ी का काम देता है।

वाकपटु बनने के लिए नीचे कुछ ध्यान देने योग्य बातें दी जा रही हैं—

जिन लोगों से आप मिलें, उनके बीच अपना उचित मूल्य निर्धारित कीजिए। अर्थात् उनसे अपने को न बहुत ऊंचा समझिए और न बहुत नीचा।

जिन चीजों के बारे में बहुत-से लोग बातचीत करना पसंद किया करते हैं उनके सम्बन्ध में अधिक से अधिक ज्ञान प्राप्त कीजिए।

जब लोग आपसे बातचीत करें, तोबड़े प्रेम से उनसे बोलिए।

एक अच्छा श्रोता बनिए।

जिस व्यक्ति से आप बातें कर रहे हैं उसमे अकृत्रिम दिलचस्पी और मित्रोचित मार्ग विकसित कीजिए।

बड़े सद्भाव और प्रेम के साथ इन नीति-बचनों पर आचरण कीजिए। बातचीत करते समय मुस्कराना न भूलिए। वार्तालाप में यह सूर्य के प्रकाश

के समान है। शीघ्र ही आपकी वार्तालाप की शक्ति सूरजमुखी फूल की तरह खिल उठेगी।

बोलना सीखने के लिए

एफ० सी० राबर्ट्स कहता है कि किसी भी दूसरे कौशल की तरह भाषण और लेखन का कौशल भी चतुर, संगठित और अविचलित अभ्यास के द्वारा प्राप्त किया जा सकता है।

इस अभ्यास में लगे रहिए। इस अभ्यास का कोई भी सुयोग हाथ से न जाने दीजिए। ऊंचे स्वर से पढ़िए और बहुत पढ़िए। थोड़े-से छोटे-छोटे कथोपकथन लिख लीजिए, जिसका आप अभ्यास कर सकते हैं।

लोगों की छोटी-छोटी मण्डलियों के सामने बोलने का कोई भी संयोग हाथ से न जाने दीजिए। भाषण करना सिखाने वाली कोई शाला हो तो उसमें भरती हो जाइए।

हां, इस सबके लिए काम करने की आवश्यकता है। परन्तु यह काम एक बहुत ही वाञ्छनीय परिणाम की ओर ले जाने वाला है। इसका फल यह होगा कि आपमें आत्मविश्वास और दूसरे लोगों को प्रभावित करने की और मार्ग-दर्शन की योग्यता बढ़ जाएगी।

चिन्ता : एक शत्रु

हममें से अनेक के जीवनों को चिन्ता ने उजाड़-सा दिया है। इसपर भी कई ऐसे उपाय हैं जिनसे इस समस्या को भली भांति सुलझाया जा सकता है। ये उपाय कोई जादू के छू मन्तर नहीं बल्कि वे नियम हैं, जिनका पालन करना होता है ; वे तरीके हैं, जिनका प्रयोग करना पड़ता है ; ऐसे अनुशासन हैं, जिनको काम में लाना पड़ता है। इस स्थिति में विशेष उद्योग और दृढ़ संकल्प की आवश्यकता है, परन्तु उत्साहजनक परिणाम शीघ्र ही प्रकट हो जाएंगे।

अपने जीवन में चिन्ता के साथ निपटने की कुछ रीतियां आगे दी जाती हैं।

चिन्ता के साथ साहसपूर्वक भिडिए—प्रसन्न हूजिए कि कोई चीज़ ऐसी है जिसकी आपको चिन्ता है। यह बात कदाचित् आपको असंगत प्रतीत हो। परन्तु यह असंगत नहीं।

चिन्तातुर व्यक्ति से यह कहने का कोई लाभ नहीं कि चिन्ता की कोई बात नहीं। वह आपकी बात पर बिलकुल विश्वास नहीं करेगा। यदि आप उसे विश्वास भी करा देंगे कि अमुक बात चिन्ता करने योग्य नहीं, तो वह शीघ्र ही कोई दूसरी बात चिन्ता के लिए ढूंढ़ लेगा। इस स्थिति में उसे जिस बात का विश्वास कराने की आवश्यकता है वह यह है कि कष्ट का वास्तविक कारण वे परिस्थितियां नहीं जिनके बारे में वह चिन्ता करता है, वरन् वह स्वयं आप है।

उसे इस बात का विश्वास कराना उतना ही कठिन होता है जितना कि इस बात का विश्वास कराना कि चिन्ता की कोई बात नहीं। तो फिर इसका विकल्प यह है कि उसे कोई ऐसा सुनिश्चित भाव और कर्म ग्रहण करने को कहा जाए कि जिसमें जो कुछ हमने अभी कहा है, उसका तात्पर्य स्पष्ट हो जाए। उसकी रीति यह है—उसे मान लेने दीजिए कि उसकी चिन्ता सच्ची है। कुछ भी हो, चिन्ता तो ज़रूर है, और हो सकता है कि इसे उत्पन्न करने वाली समस्या या कठिनाई भी वास्तविक हो। परन्तु एक बार इस सत्य का सामना कर लेने के उपरान्त उसे यह बात भी समझा देनी चाहिए कि यह चिन्ता जहां उदासी एवं पराजय का साधन हो सकती है, वहां प्रेरणा और विजय का साधन भी।

प्रत्येक व्यक्ति को समस्याओं और कठिनाइयों का सामना करना होता है। कुछ लोग तो उन्हें भय, चिन्ता और निराशा का कारण मान बैठते हैं और कई दूसरे उनको चुनौती और सुयोग समझ लेते हैं। यह बात हमारे निर्णय पर निर्भर है कि हमारे सामने आने वाले इस आडम्बर को हम पराजित करेंगे या इससे हार मान लेंगे। जीवन हम सबके लिए समस्याओं से भरा पड़ा है। हमारा मन दूसरे मनुष्य से ईर्ष्या करने को होता है। परन्तु इसमें कछ भी सन्देह नहीं

कि उसकी भी अपनी विशेष समस्याएं हैं, जिनका हमें कोई ज्ञान नहीं। इस बात को जितनी जल्दी समझकर हम अपनेको शान्त कर लें कि जीवन में ऐसी समस्याओं का आना अनिवार्य है, उतना ही अच्छा है।

यह एक साहसिक कार्य है। यह एक संग्राम है। इसकी चुनौती को स्वीकार करना, इसकी कठिनाइयों से अपने भीतर के सर्वोत्तम गुणों को सक्रिय बनाकर काम में लाना चिन्ता और उदासी को निकाल देने की सबसे निश्चित रीति है।

चिन्ता को कल्पनात्मक रूप से जीतने का यत्न कीजिए—कष्टों को साहसपूर्वक जीतने के लिए इस बात की आवश्यकता है कि हम अपनी कल्पना में सक्रिय रूप से अपना एक ऐसा चित्र थामे रहें जैसा कि हम बनना चाहते हैं। इस सरल परन्तु फलदायक रीति से किसी भी प्रकार के आत्म-विकास को अमित सहायता मिलती है।

निरन्तर अपनी कल्पना में अपने को निस्सन्देह, चिन्तारहित और आशावादी देखते रहने से अपने में यही सद्गुण उत्पन्न करने में बड़ी सहायता मिलती है।

कल्पना-शक्ति का उपयोग यदि सुनिश्चित एवं ठीक ढंग से किया जाए तो यह चरित्र-निर्माण करनेवाली एक बहुत बड़ी शक्ति है। इसके परिणाम चिन्ता को हटाने के विषय में जितने स्पष्ट और चौंका देने वाले होते हैं उतने कदाचित् किसी दूसरे विषय में नहीं।

तथापि चिन्ता के साथ निपटने की कोई एक ही रीति नहीं। इस शत्रु के साथ लड़ाई लड़ने के लिए कोई एक ही शस्त्र नहीं। हमारी विजय का कार्यकारी होना विविध प्रकार के शस्त्रों के एकत्रीभूत प्रयोग पर निर्भर करेगा। अगला उपाय यह है—

चिन्ता को सक्रिय रूप से दबोचिए—हमारे लिए आवश्यक है कि अपनी चिन्ता के बारे में सुनिश्चित एवं क्रियात्मक रूप से कुछ न कुछ करें।

अधिकांश चिन्ताएं हमें उस समय सताती हैं जब हम निकम्मे होते हैं। हमारे पास सोचने और विचार में डूबने के लिए समय होता है। इसलिए चिन्ता को हमारा सर्वनाश करने का सुयोग मिल जाता है। आज के लोग अपने को काम में इतना व्यस्त रखते हैं कि चिन्ता के लिए उनके पास समय

ही नहीं रहता। रुडयार्ड किपलिंग नामक छोटी कहानियां लिखने वाला एक अंग्रेज़ एक ऐसा ही व्यक्ति था। वह कहता है—"इसका तात्पर्य यह नहीं कि मनुष्य सब समय काम करता रहने से थककर चूर हो जाए। खेल-कूद और हंसी-विनोद भी निकम्मा बैठना नहीं है। चिन्ता के रोग में यह औषध का काम करता है।"

यदि व्यापारी और प्रबंधक वर्ग क्रीड़ा-कौतुक और आमोद-प्रमोद का, स्वयं को मगन रखने वाले किसी रचनात्मक काम का महत्त्व समझ लें, तो उनमें से अनेक की चिन्ताएं लुप्त हो जाएंगी और उनका काम अधिक फलदायक हो जाएगा।

क्रीड़ा और कार्य में हमारी तत्परता अपनी चिन्ता के साथ दोदो हाथ करने की एक रीति है।

चिन्ता के साथ तुरन्त निपटिए—बहुधा जो चिन्ता हमें रात को सोने नहीं देती, हम उससे बचे रह सकते हैं, यदि हम वह काम आज ही कर डालें जिसे हम, बुद्धिमत्ता से काम न लेते हुए, कल पर छोड़ देते हैं।

इसमें कोई संदेह नहीं कि कल की अपनी भी और चिन्ताएं होती हैं, परन्तु बहुधा हम अपनी चिन्ताओं की मात्रा को आज का काम कल पर छोड़ने के कारण और बढ़ा देते हैं। किसी बात के लिए जितनी देर चिन्ता करने की आवश्यकता है, हम उससे अधिक समय तक उसकी चिन्ता करते रहते हैं।

अनेक ऐसी चीजें जिनके सम्बन्ध में हम पहले से ही बहत चिंता करने लगते हैं—जैसे कि परीक्षा, कोई कठिन इण्टरव्यू, और अनुपयोगी काम—जब वे सचमुच हमारे सामने आती हैं तो उससे आधी भी बुरी नहीं निकलतीं जितनी कि हम उन्हें पहले से समझ रहे थे।

निस्सन्देह ऐसी भी कई बातें हैं जो अपने निश्चित समय पर ही आ सकती हैं ; जिनके लिए हमें प्रतीक्षा करना अनिवार्य होता है। उदाहरणार्थ, कोई परीक्षा अपनी नियत तिथि से एक पखवाड़ा पहले नहीं आ सकती। फिर भी हमें चिन्तित करने वाली अनेक ऐसी बातें हैं जिनसे निपटा जा सकता है। और उनसे तुरन्त निपटने में ही लाभ है।

चिन्ता के साथ सुव्यवस्थित रूप से भिडिए—नार्मन विन्सेण्ट पील नामक विद्वान का सुझाव है कि चिन्ता करने के स्वभाव के विरुद्ध एक विशेष युद्ध कला से काम लेना चाहिए। "चिन्ता की सेना के मुख्य दल पर, उसे जीतने की आशा से, सामने से आक्रमण करना संभव है कठिन सिद्ध हो। कदाचित् इससे अधिक सुन्दर योजना यह है कि बाहर की किलेबन्दी को एक-एक कर जीतते हुए क्रमशः भीतर उसके मुख्य स्थान की ओर बढ़ा जाए।"

अपनी बात को समझाने के लिए वह एक उदाहरण देता है। उसने अपने खेत में नौकरों को एक वृक्ष काटने के लिए कहा। उसका ख्याल था कि वे उसे धरती के निकट मुख्य तने से काटेंगे। परन्तु इसके विपरीत, उन्होंने सीढ़ी लगाकर पहले उसकी छोटी-छोटी शाखाएं काटना आरम्भ कर दिया। इसके बाद उन्होंने बड़ी शाखाएं काटी और अन्त में चोटी काटी।

डाक्टर पील का भाव यह है कि चिन्ता का विशाल वक्ष जो वर्षों से आपके व्यक्तित्व में जड़ जमाए है, उसका विनाश उसे यथासंभव छोटे से छोटा बनाकर किया जा सकता है।

तब बढ़ती हुई और विकसित शक्ति के साथ हम मुख्य कार्य को निपटा सकते हैं। छोटी टहनियों को काटने से हममें बड़ी शाखाओं को काटने के लिए कौशल और आत्मविश्वास विकसित हो जाएगा!

वस्तुतः इस 'आत्मविश्वास' शब्द में चिन्ता पर हमारी विजय का एक महान रहस्य निहित है। यह ज्ञान कि विजय हमारी हो सकती है, यह एक सबसे बड़ा पग है जो हम उस विजय की ओर उठा सकते हैं।

किसीने ठीक कहा है—

चिन्ता चिता बराबरी, ज्यों केले निकट करीर।
वह फूले, यह पच्छिए चोटें सहे सरीर॥

इस कंटीले करीर पेड़ को उखाड़ डालना ही हितकर है।

मित्रों की संख्या बढ़ाइए

कई लोग ऐसे हैं जो दूसरे को आसानी से शीघ्र ही मित्र बना लेते हैं। उन्हें अपरिचितों की मंडली में बैठा दीजिए। वे शीघ्र ही वार्तालाप की गुनगुनाहट का केन्द्र बन जाएंगे। अपने साथियों के साथ बातें करते जाना उन्हें कठिन प्रतीत नहीं होता।

कई दूसरे लोग ऐसे हैं जिन्हें यही बात अधिक कठिन लगती है। वे चुपचाप जीभ को सिए बैठे रहते हैं। उनका मौन कष्टदायक होता है। वे आसानी से नये मित्र नहीं बना पाते।

इन दो नमूनों के लोगों का अन्तर पूर्ण रूप से जन्मसिद्ध और प्रकृतिगत नहीं होता। नये मित्र बनाने की अपनी क्षमता को बढ़ाना निस्संग लोगों की शक्ति में है। इसके लिए एक पांच बिन्दुवाले क्रियात्मक कार्यक्रम का सुझाव है। यह अनुभव से सफल सिद्ध हो चुका है। इस सारे पर सच्चे हृदय से आचरण कीजिए।

यह बात, जिन लोगों से आप मिलते हैं, उनमें आपकी सच्ची और बढ़ती हुई दिलचस्पी से प्रकट हो। और अन्त में आप एकाकी या उपेक्षित नहीं रह जाएंगे। लोग आपको उत्साहित कर देंगे और आपका स्वागत करेंगे।

मित्र बनाने में निम्नलिखित बातें सहायक सिद्ध हो सकती हैं—

नाम याद रखिए—यह सूक्ष्म स्तुति करने का एक ढंग है। यह सफल हुए बिना नहीं रहता। हमारा नाम हमारी मानवीय प्रतिष्ठा का एक अंग है। यह उस व्यक्तित्व का चिह्न है जो हमें लोगों की भीड़ से अलग दिखलाता है।

किसी व्यक्ति का नाम और उसके सम्बन्ध में थोड़ा-सा ब्योरा याद रखना यह धारणा उत्पन्न करता है कि आपने उसपर ध्यान दिया है, कि वह आपको मिलनेवाला एक दूसरा मनुष्यमात्र ही नहीं वरन् एक ऐसा व्यक्ति है जिसकी अनुपमता और गरिमा को आपने अनुभव और स्वीकार किया है।

बहुत-से नये परिचित यदि उनका नाम याद रखा जाए तो प्रसन्न होते हैं। कई अध्यापक और तरुणों के नेता अपना प्रभाव खो बैठते हैं, क्यों कि उनको नाम याद नहीं रहते और वे अपनी स्मृति को सुधारने का बहुत कम यत्न करते

हैं। प्राचीन काल में यह विश्वास किया जाता था कि यदि आप किसीका नाम जानते हैं तो आपका उसपर अधिकार हो जाता है। इस पुराने विचार में अब तक भी कुछ है। जिनके नाम आपको याद हैं, आपके द्वारा उनको प्रभावित करने की अधिक संभावना रहती है।

लोगों को मित्र बनाना एक दीर्घकालव्यापी उपाय है। हो सकता है कि पहली बार मिलने पर आप सफल संपर्क न बना पाएं। परन्तु यदि दूसरी बार मिलने पर आपको उसका नाम याद होगा तो आप उसे अपने प्रति उत्साहपूर्ण पाएंगे।

स्तुति करना सीखिए—जब कभी भी आप सच्चे हृदय से प्रशंसा कर सकें, लोगों की प्रशंसा कीजिए। किसी मनुष्य ने जो कुछ कहा या किया है उसके प्रति ठीक समय पर उच्च धारणा का एक शब्द कह देने से ही अनेक बार सदा बनी रहने वाली मित्रता हो जाया करती है। संसार में बहुत थोड़े ऐसे मनुष्य हैं जिनपर प्रशंसा का कोई प्रभाव न हो। तो फिर क्या कारण है कि हममें से अनेक लोग दूसरों की प्रशंसा करने के अनिच्छुक देखे जाते हैं ? कदाचित् कारण यह है कि हमें आशंका रहती है कि हम कहीं कपटी न समझे जाएं। वास्तव में ऐसी बात कहने का कोई प्रयोजन नहीं जिसे कहने की हमारी कोई इच्छा नहीं। कभी खाली चापलूसी में न फंसिए। परन्तु जब आप किसीके संबंध में अच्छे विचार रखते हों तो उन्हें प्रकट करने में संकोच न होना चाहिए।

सच्ची स्तुति और निष्कपट प्रशंसा लोगों को अभिमानी नहीं, विनम्र बनाती है। इस कला को अपने में बढ़ाना अधिक मित्र बनाने की एक निश्चित रीति है। अभ्यास के साथ आप इसमें सुदक्ष हो जाएंगे। यदि आपके प्रथम प्रयत्न का कुछ प्रभाव न हो,और वह भद्दा जान पड़े तो चिन्ता न कीजिए। सरल, सूक्ष्म और समय के अनुसार बोलना अनुभव से विकसित होगा। इसके परिणामस्वरूप सभी सम्बद्ध व्यक्ति सुखी होंगे।

बहुत-से लोग थोड़ा-सा निस्संग होते हैं। वे दिलचस्पी के दिखलावे-मात्र से और नये मित्र या परिचित बनाने की संभावना-मात्र से भी प्रसन्न हो जाते हैं। निस्सन्देह हम सब निस्तब्धता भंग करने से थोड़ा डरा करते हैं। इसलिए

आरम्भ में जहां तक संभव हो, साधारणतः हमें अर्कित रूप से कभी ही बात छेड़नी चाहिए।

एक महाशय लिखते हैं कि मैंने जो सर्वोत्तम मित्र बनाए हैं उनमें से एक हमारे पड़ोस में वह व्यक्ति है जिसे मैं प्रतिदिन सबेरे उस समय देखता था जब मैं कुत्ता लेकर टहलने जाता था। मैं बिना बात किए ही उसके पास से होकर निकल जाता रहा, क्योंकि मैं समझता था कि वह कुछ उच्चतर और घृणाजनक मूर्ति दीख पड़ता है। तब मैंने एक दिन सबेरे परीक्षात्मक नमस्ते की। दूसरे दिन सबेरे पहले उसने मेरा अभिवादन किया। तब हम ठहर गए और कुछ मिनट आपस में बातें करते रहे।

उस दिन मैंने वह बात सीखी जो मुझे पहले कई बार बताई गई थी, कि जिन लोगों के पास जाने में मुझे संकोच होता है, वे बहुत दिलचस्पी दिखलाने से प्रसन्न हो जाते हैं। अपना अभिवादन पसंद करते हैं, क्योंकि इससे उनमें आत्मविश्वास और भरोसा आता है।

लोगों को बातचीत करने के लिए प्रोत्साहित कीजिए—प्रत्येक व्यक्ति ने प्रशिक्षण, अनुभव और स्वभाव से जीवन के किसी एक भाग के बारे में विशिष्ट ज्ञानोपार्जन किया है। जिस बात में उन्हें सर्वाधिक अनुराग है उस विषय में बातें करने के लिए यदि उन्हें प्रोत्साहन दिया जाए तो वे बड़ा आभार मानते हैं।

प्रायः लोग अपने कामों की अपेक्षा अपनी रुचि या शगल के बारे में बातें करना अधिक पसंद किया करते हैं। एक विद्यालय की अध्यापिका को शास्त्रीय गायन में बड़ी रुचि थी। इसलिए उसकी सहेली घुमा-फिराकर जब बात को तानसेन और विष्णु दिगम्बर पर लाती तो वह अध्यापिका बड़े उत्साह के साथ अपने प्रिय विषय। पर बातें करने लगती।

यदि लोग अपने काम के विषय में बातें करना चाहते हों तो हमें बड़े ध्यान के साथ सुनना चाहिए। लोगों के धन्धे सदा मनोरंजक होते हैं। मनुष्य अपने दैनंदिन कामरूपी खिड़की में से जो कुछ देखता है वह सुनने योग्य होता है।

उस प्रकार का व्यक्ति बनना अपना उद्देश्य बनाइए जिसकी संगति

में आनन्द मिलता है। फिर आप कभी भी एकाकी नहीं होंगे। कई लोग ऐसे हैं जिनकी संगति सुखद होती है। उसके व्यक्तित्व में कोई चुभने वाली बात नहीं होती। वे आपके गर्व को ठेस नहीं पहुंचाते। वे आपको छोटा या महत्त्वहीन अनुभव नहीं कराते। वे आपमें सुरक्षा एवं विश्वास का भाव उत्पन्न करते हैं।

इस प्रकार का उत्साहजनक व्यक्तित्व उत्पन्न करना हम सबकी शक्ति के भीतर है। सोचिए कि आप दूसरों को आराम कैसे दे सकते हैं। इस बात की कल्पना करने का यत्न कीजिए कि वे अपने भीतर क्या अनुभव करते हैं। उनके एकाकीपन और लज्जालुता के भाव की कल्पना कीजिए। उनको अनुभव कराने का यत्न कीजिए कि वे आपको भाते हैं। दूसरे लोगों को उत्साहित करने की एक बहुत ही निश्चित रीति यह है कि जिस चीज़ में उनका सबसे अधिक अनुभव है उसीके सम्बन्ध में उनसे बातें कराई जाएं। उनको अपनी योग्यता प्रकट करने का अवसर दे दिया, तब आपने निशाने पर तीर मार दिया।

ध्यान देकर सुनना सीखिए—हमारे समाज में अनेक लोग ऐसे हैं जो हमें अपनी बात सुनाना चाहते हैं, परन्तु उन लोगों की संख्या बहुत कम है जो हमारी बात ध्यान से सुनने को तैयार हों। यदि आप सुनने वालों में होंगे तो आपका सम्मान होगा।

एक सज्जन लिखते हैं कि मेरे पास लोग परामर्श लेने आया करते हैं। जब वे अपनी समस्याएं, चिन्ताएं और आशंकाएं मुझ सुनाते हैं, तो मैं शान्तिपूर्वक बड़े ध्यान से उनकी बात सुनता हूं। पूरी तरह से और खुलकर बातें कर लेने देने से उनको मेरी सहानुभूति और अकपटता का विश्वास हो जाता है। तब वे मेरे कुछ बोले बिना ही अपनी समस्याओं का समाधान आप ही ढूंढ़ लेते हैं।

ध्यानपूर्वक सुनने का अर्थ केवल चुपचाप, बिना हिले-डुले बैठे रहना ही नहीं। सुनते-सुनते किसी ठीक शब्द पर सहसा बोल भी उठना चाहिए, जिससे पता लगे कि जो व्यक्ति बोल रहा है आप उसके साथ हैं और उसे बोलते रहने के लिए उत्साहित कर रहे हैं। ध्यानपूर्वक सुनने की कला अभ्यास से सीखी जा सकती है। इससे अन्त में आपके अनेक मित्र बन जाते हैं।

अपने वार्तालाप के विस्तार को बड़ा कीजिए—कुछ लोग सदा और सब कहीं एक ही विषय पर बातें किया करते हैं। इससे सूनने वाले तंग आ जाते हैं। वे कहने लगते हैं, इसकी बात क्या सुनना है, यह सदा एक ही राग अलापता रहता है। इसलिए हमें अपने उन विषयों की संख्या बढ़ानी चाहिए जिनपर हम बातचीत कर सकते हैं।

यदि हम अपनी दिलचस्पियों के विस्तार को नहीं बढ़ाएंगे तो हमारे मित्रों की संख्या बहुत सीमित रहेगी। आपको सदा नये-नये विषयों का ज्ञान प्राप्त करते रहना चाहिए। इसलिए नहीं कि आप उनके अधिकारी विद्वान बनना चाहते हैं वरन् इसलिए कि आपका उनमें अनुराग है।

कोई अच्छा-सा साप्ताहिक पत्र पढ़ा कीजिए, जिसमें सप्ताह के समाचारों का संक्षेप हो। टेलीविज़न और रेडियो सुनिए। इनसे आपकी जानकारी बढ़ेगी। जिस विषय का आपको कुछ भी ज्ञान नहीं, उसकी कोई सर्वप्रिय पुस्तक पढ़िए।

यदि आप चाहते हैं कि लोग आपके वार्तालाप में अनुराग दिखलाएं तो यह आवश्यक है कि आप केवल मौसम पर ही नहीं और भी कई विषयों पर बात कर सकें।

यदि आप उपर्युक्त पांच बातों पर छः मास भी आचरण करेंगे तो आप देखेंगे कि जीवन आपके लिए एक बहुत अधिक सजीव और उज्ज्वल अनुभव बनता जा रहा है। आप एक मित्र और उपयोगी व्यक्ति बन रहे हैं।

ज्यों-ज्यों आप अभ्यास करेंगे, आपका आत्मविश्वास बढ़ेगा। लज्जालुपन और घबराहट आपसे दूर भाग जाएगी। आपको अपना एक अधिक अच्छा और सही रूप दीख पड़ेगा और आप अनुभव करेंगे कि आप दूसरों को सुखी बनाने में क्या कुछ कर सकते हैं।

इसपर भी आरम्भ में ही बहुत अधिक की आशा न कीजिए। भावी मित्रों से सबेरे मिलने पर पहले कुछ दिन केवल 'नमस्ते ! नमस्ते!' होते रहना ही पर्याप्त है। इसके बाद धीरे-धीरे बातचीत भी होने लगेगी। पहली बार मिलने पर ही अधिक परिचय बढ़ाने का यत्न कई बार उल्टा पड़ता है।

फिर अपने को मण्डली से बाहर, अलग—रुष्ट, अस्वीकृत, अवाञ्छित-खड़ा न देखिए, वरन् एक ऐसे व्यक्ति के रूप में देखिए जिसके पास कोई ऐसा उपहार है जिसका मण्डली को प्रयोजन है। यह बात सच्ची है, आपकी सचमुच आवश्यकता है।

स्मरण रहे कि आज प्रत्येक नगर और समाज में ऐसी अनेक मण्डलियां और गोष्ठियां हैं जहां लोग सांझे कामों के लिए एकत्र होते हैं—जैसे कि फुटबाल, कबड्डी, तैरना, नाटक, फोटोग्राफी, चरखा कातना, कपड़े सीना, अध्ययन, धर्मसभा, मनोरंजन, समाज-सेवा, पंचायत इत्यादि। इनमें से अधिकांश सोसाइटियां नये सदस्य बनाने के लिए बांहें फैलाए रहती हैं। वे मिलने-जुलने और नये मित्र बनाने के लिए आदर्श स्थान होते हैं।

आनन्दमय जीवन का रहस्य

हममें से बहुत-से किसी न किसी ऐसे व्यक्ति को जाना करते हैं जिसके विषय में लोग कहा करते हैं, 'वह ऐसा दीखता है, मानो वह जीवन का आनंद लूटता हो।' हो सकता है कि वे यह बात ईर्ष्या से न कहते हों।

ऐसा व्यक्ति जो कुछ भी करता है वह पूरा आनन्द लेते हुए करता है। उसकी आंखें चमकती हैं, उसके चेहरे पर उत्सुकता प्रकट होती है और उसका सारा अस्तित्व आनन्दोल्लसित होता है। ऐसे व्यक्ति का वर्णन करना आसान नहीं होता। कदाचित् यह कहना ठीक होगा कि वह केवल जीवित ही नहीं, वरन असंदिग्ध रूप से जीवित है।

यह बात नहीं कि ऐसे लोगों को कुछ विशेष सुविधाएं हैं जो दूसरों को नहीं। निश्चय ही शिक्षा के सुयोगों, धन-सम्पत्ति, अधिकार और ऐसी दूसरी चीज़ों का जिनकी अनेक लोग लालसा किया करते हैं, इसके साथ कोई सम्बन्ध नहीं। ऐसे लोगों ने केवल जीने में आनन्द का रहस्य मालूम

कर लिया होता है। यह रहस्य हममें से प्रत्येक की पहुंच के भीतर है। यह कई चीज़ों के मिलने से बनता है। इन चीज़ों पर हम बारी-बारी से विचार करेंगे।

परिस्थितियों से एक विशेष विरक्ति—अनेक लोग ऐसा सोचते जान पड़ते हैं कि उनके साथ होने वाली अनेक घटनाएं ही उनके जीवन को निश्चित और स्थिर करती हैं। परन्तु यह बात सत्य नहीं। उनके जीवन के वास्तविक गुण और स्वभाव का संबंध निश्चय ही उनके साथ होने वाली घटनाओं के प्रति उनके भाव से होता है।

डा० लुई विस्च अपनी पुस्तक 'क्योर योर नज योरसेल्फ' में इसका एक सादा परन्तु अत्युत्तम उदाहरण देता है। वह लिखता है—"वर्षा का दिन बहुत-से लोगों को खिन्न कर देता है। परन्तु जिस लड़की को किसी युवक ने अपनी छतरी में लेकर उस दिन भीगने से बचाया और बाद को उस लड़की ने उससे विवाह कर लिया, वह वर्षा को संसार में एक बहुत ही अदभुत वस्तु समझती है।"

आनन्दमय जीवन का पहला तत्त्व यही है—सभी परिस्थितियों को रचनात्मक दृष्टिकोण से देखने की योग्यता।

किसी मनुष्य से जब पूछा गया कि "जीवन आपका कैसा उपयोग कर रहा है ?" तो उसने उत्तर दिया, "जीवन मेरा उपयोग नहीं कर रहा, मैं जोवन का उपयोग कर रहा हूं।" सचमुच इस मनुष्य की धारणा ठीक थी। प्रतिकूल परिस्थितियां, यदि हम उन्हें खुली छट्टी दे दें, हमें खिन्नचित, हतोत्साह एवं विषादमय बना सकती हैं। परन्तु उन्हें ऐसा करने देना ठीक नहीं। यदि हम उन्हें ठीक रीति से देखें तो वे न केवल यह कि हमें पीस डालने वाली चक्की के पत्थर ही नहीं रहेंगी, वरन् नई सिद्धियां और नवीन चरित्र-बल प्राप्त करने के लिए ऊपर ले जाने वाली सीढ़ियां बन जाएंगी।

वस्तुतः हो सकता है कि कठिन परिस्थितियों के बिना जीने म कोई सच्चा आनन्द ही न होता। ये कठिन परिस्थितियां जीवनसंग्राम की ललकार और जोखिम का एक अंग हैं। जब हम साहस, नेतृत्व और विश्वास के साथ उस ललकार का सामना करने की चेष्टा करते हैं तो हमें उस गम्भीरतम सन्तुष्टि का

पता लग जाता है जो जीवन हमें प्रदान कर सकता है।

गतिशील रहना सीखिए—यह बात स्पष्ट है कि जो बातें जीवन में हमें सबसे अधिक तुष्टि प्रदान करती हैं वे ये होती हैं जिन्हें हम उचित योग्यता के साथ कर सकते हैं। मानव-प्रकृति में सफल होने, विजय प्राप्त करने का उत्साह गहरी जड़ जमाए हुए है। चाहे हम किसी पहेली का उत्तर सोच रहे हों या कोई खेल खेल रहे हों, या कोई ऐसी लड़की हो जिसे हम अपनी पत्नी बनाना चाहते हों, हम जीतना ही पंसद करते हैं।

अतएव यदि हम जीवन में सच्चा आनन्द प्राप्त करना चाहते हैं तो कम से कम एक चीज़ ऐसी होनी चाहिए जिसमें हम किसी परिमाण में आगे बढ़ सकते हैं ; कोई ऐसी बात होनी चाहिए जिसे चाहे जो हो, हम इतनी अच्छी तरह कर सकें कि उसे करने में हमें आनन्द आए और हमें उसे करने का गर्व अनुभव हो।

हमारे जीवन में ऐसी कोई गतिविधि होने का अर्थ यह है कि अनेक बार खिन्नता या निराशा के क्षणों में हम उस गतिविधि की ओर मुड़कर जा सकते हैं जो हमें सन्तोष और व्यक्तिगत गुरुत्व प्रदान करती है। इस प्रकार हमें अपने को पुनः ठीक करने और सन्तुलित करने का साधन मालूम हो जाता है। और ये दोनों चीजें प्रशान्त जीवन के लिए बहुत ही आवश्यक हैं।

ऐसे अवसर पर ही कोई शगल या किसी काम में विशेष रुचि हमारे जीवन में महत्त्वपूर्ण काम कर सकती है। किसी भी काम के लिए भारी चित्तोत्साह या रुचि आनन्दमय जीवन के लिए आवश्यक चीज़ है।

विभिन्नता होनी चाहिए—जो कुछ ऊपर कहा गया है उसका अर्थ यह नहीं कि हम एक ही पगडण्डी पर चलने वाले बन जाएं। आनन्दमय जीवन के लिए जहां हमें किसी विशेष दिलचस्पी की आवश्यकता है, वहां जीवन के प्रति विस्तृत एवं विभिन्न प्रकार का दृष्टिकोण भी आवश्यक है।

जो मनुष्य कल्पना किए हुए है कि जीवन के सभी आनन्द केवल एक ही लकीर के फकीर बने रहने से मिलते हैं वह उस चीज़ से बहुत कुछ वंचित रह जाता है जो जीवन का विस्तृत क्षेत्र हमें पेश कर सकता है।

स्वभाव हमारे जीवन में एक महत्त्वपूर्ण कार्य करता है। इसलिए तो, ऐसे समय भी आते हैं जब हमारा जीवन बिगड़कर प्रभावहीन हो जाता है क्योंकि स्वभाव बहुत बड़ा और कल्पना बहुत कम पार्ट अदा करती है।

जो मनुष्य सदा एक ही मार्ग से काम पर जाता है, जो प्रति वर्ष छुट्टी मनाने एक ही स्थान को जाता है, जो अपने प्रिय लेखक की पुस्तकों के सिवा और कुछ बहुत कम पढ़ता है, सदा उसी रेडियो को सुनता या वही टेलीविज़न प्रोग्राम प्रति सप्ताह देखता है, वह बहुत अधिक लकीर का फकीर है।

हमारा किसी काम को करने का—यहां तक कि रुचिकर काम करने का भी—ऐसा स्वभाव बन जाता है कि फिर उस काम में हमें सन्तुष्ट करने की शक्ति ही नहीं रह जाती। उदाहरणार्थ, कुछ लोगों को प्रति सप्ताह एक विशेष दिन सिनेमा देखने की लत होती है। बहुधा ऐसा होता है कि जब तक बे सिनेमाघर नहीं जा पहुंचते, उन्हें इस बात का पता ही नहीं होता कि वे कौन-सी फिल्म देखने जा रहे हैं। उस रात यदि वे कोई बिल्कुल भिन्न काम करें तो उन्हें कितनी उत्तेजना मिले ! उस दिन भ्रमणार्थ निकल जाना या घर पर रहकर कोई पुस्तक पढ़ना या किसी मित्र से मिलने जाना कितना अधिक आनन्ददायक हो सकता है !

आनन्दमय जीवन के लिए हमारी गतिविधियों और दिलचस्पियों में विभिन्नता का होना आवश्यक है।

समय की बचत—सन्तोषप्रद और आनन्ददायक जीवन के दो सबसे बड़े शत्रु हैं बहुत अधिक ऊब जाने की दशा तथा बहुत दबे हुए और बोझ से बहुत अधिक लदे होने का भाव। मन की ऐसी अवस्था में चाहे हम काम के बोझ से कितने ही दबे क्यों न हों, हमें इस सिद्धान्त पर विचार करने के लिए कुछ मिनट अवश्य निकालने चाहिए— "बहुत व्यस्त लोग सदा प्रत्येक काम के लिए समय निकाल लेते हैं। इसके विपरीत जिन लोगों के पास बहुत अधिक अवकाश रहता है वे किसी भी काम के लिए समय नहीं निकाल पाते।"

व्यस्त लोगों के रहस्य का एक अंग उनकी एकाग्रता की शक्ति में

निहित रहता है। वे अधिक काम इसलिए कर पाते हैं क्योंकि वे अत्यधिक एकाग्रता के साथ उसे करते हैं। फिर साधारणतः ये लोग ऐसे होते हैं जिनमें प्राथमिकता का प्रबल भाव रहता है कि क्या पहले और क्या बाद में किया जाए। यद्यपि ऊपर के सिद्धान्त में कहा गया है कि व्यस्त लोगों को प्रत्येक काम के लिए समय मिल जाता है, तो भी यह बात सोलहों आने सत्य नहीं। इस सिद्धान्त का निर्माता, अर्नेस्ट डिमनट आगे चलकर अपने को ही पूछता है :

"क्या कोई ऐसा समय नहीं जो आप वापस ले सकें, अपने काम से नहीं, न ही अपने व्यायाम से, न अपने परिवार या मित्रों से वरन् अपने उस इन्द्रिय-सुख से, जो वस्तुतः आपको अधिक आनन्द नहीं देता, क्लब में खाली बातचीत से, घटिया नाटकों से ?"

यदि मनुष्य जीवन के प्रत्येक क्षण का महत्त्व समझकर उसे किसी न किसी महान कार्य में लगाता है, तो इससे उसे जो सन्तुष्टि का अनुभव होगा वह उसके जीवन को आनन्दमय बना देगा।

ये उस प्रकार के जीवन के रहस्य हैं जो सचमुच जीने के योग्य होता है।

रोचक बनने का रहस्य

हम सब ऐसे लोगों को जानते हैं जिन्हें हम मनोरम कहते हैं, और ऐसे लोगों को भी जिन्हें हम अरुचिकर कहते हैं। अन्तर को पहचानना कोई बड़ा कठिन नहीं। मानव प्राणी होने के कारण, हमारी प्रकृति एक के साथ मेल-मिलाप बढ़ाने और दूसरे से दूर रहने की होती है।

यह सारी बात सच्ची, खरी और स्वाभाविक है। परन्तु हमें यदि इस बात का विश्लेषण और व्याख्या करने के लिए यत्न करना पड़ कि एक व्यक्ति

क्यों रुचिकर और दूसरा क्यों अरुचिकर है, तो हो सकता है कि यह काम हमें थोड़ा कठिन जान पड़े। मुखमुद्रा का इसके साथ कोई संबंध नहीं। एक बांका, हट्टा-कट्टा युवक जिसके कमरे में प्रवेश करते ही सबका ध्यान उसकी ओर खींच जाता है या कोई मनमोहिनी सुन्दरी, जिसकी ओर सब पुरुषों की आंखें स्वभावतः खिंच जाती हैं, हो सकता है कि पांच मिनट बातचीत करने पर अरुचिकर सिद्ध हो।

केवल बौद्धिक योग्यता भी दिलचस्प व्यक्तित्व की कसौटी नहीं है। हो सकता है कि एक बौद्धिक व्यक्ति उन थोड़े-से लोगों की मण्डली को दिलचस्प जान पड़े जिनको उस विषय का थोड़ा-सा ज्ञान है, जिसका वह विशेषज्ञ है। जबकि हो सकता है कि एक साधारण रूप से समझदार व्यक्ति उसकी संगति में बहुत अधिक तंग आ जाए।

इसका यह भी अर्थ नहीं कि सुन्दर रंग-रूप वाले या उच्च बौद्धिक योग्यता वाले व्यक्ति आवश्यक रूप से अरसिक होते हैं, परन्तु केवल इन्हीं गुणों से कोई व्यक्ति रसिक नहीं बन जाता। दूसरे के लिए दिलचस्प बनने की कला में इनमें से प्रत्येक गुण बहुमूल्य संपत्ति हो सकता है, परन्तु इनके अतिरिक्त किसी और चीज़ की भी आवश्यकता है।

मनोहर होने की योग्यता सम्पूर्ण व्यक्तित्व का गुण है। वरन् हमें कहना होगा, यह व्यक्तित्व के संगठन की बात है। परन्तु दूसरे लोगों के लिए दिलचस्प होने का यदि कोई एक ऐसा रहस्य है जो दूसरों से बड़ा है, तो वह निश्चित रूप से यह तथ्य है कि हम स्वयं दूसरे लोगों में तथा जो कुछ हमारे इर्द-गिर्द हो रहा है उस सबमें दिलचस्पी लें। दिलचस्प लोग दूसरों में दिलचस्पी लेने वाले लोग होते हैं।

यदि हम दूसरों को अरसिक लगते हैं तो इसका कारण यह है कि हम स्वयं अरसिक हैं। हमने पूर्ण रूप से दिलचस्पी रखने वाला बनकर जीने की अत्यावश्यक कला नहीं सीखी। जीवन में हमें कुछ अद्भुत नहीं मिलता। इसलिए हम दूसरों को भी कोई अद्भुत चीज़ नहीं दे पाते। अतएव हमें अपने अन्दर दूसरों में दिलचस्पी रखने वाला बनने की कला विकसित करनी चाहिए। इसके अनेक महत्त्वपूर्ण पक्ष हैं। हम चाहते हैं कि जिन

लोगों के संसर्ग में हम आते हैं उनपर हमारा प्रभाव पड़े तो इनमें से प्रत्येक पर ध्यान देना होगा—

हमारी दिलचस्पी सज्ञान होनी चाहिए। एक सज्जन लिखते हैं—"थोड़ी देर हई, मैं लोगों की एक छोटी-सी मण्डली में था। मंडली का एक मनुष्य कई आधुनिक वैज्ञानिक विषयों पर बड़े जोश के साथ बड़ी देर तक बोलता रहा। उस मण्डली में मेरा एक मित्र भी था। उसे उन विषयों का कुछ विशेष ज्ञान था जिनपर पूर्वोक्त महाशय देर तक बोलता रहा था। परन्तु वह बातचीत के अधिकांश काल में बिलकुल चुप रहा।

"बाद को मैंने अपने मित्र से कहा, 'आप आज रात कुछ बोले ही नहीं ?'

"उसने कन्धों को सिकोड़ते हुए विकृत मुस्कान के साथ कहा, 'मैंने अपने सारे जीवन में कभी किसीको आधे घण्टे में इतना बकवास करते नहीं सुना।'

"मेरा मित्र इतना शिष्ट था कि उसने बोलने वाले को रोकना उचित नहीं समझा। परन्तु एक न एक दिन कोई दूसरा मनुष्य उसे बेढंगा अवश्य कहेगा।"

हम सबको अपना मत रखने और उसे प्रकट करने का अधिकार है। और हम सबसे भूलें होती हैं। परन्तु जो व्यक्ति केवल बहुत बातूनी होने की प्रसिद्धि प्राप्त करना चाहता है और जिसकी कही बातें प्रायः ठीक नहीं होतीं वह अधिक काल तक हमारे लिए रोचक नहीं बना रहता।

सच्चा दिलचस्प मनुष्य वह होता है जो कला के लम्ब-चौड़े सिद्धान्तों में न पड़कर या विज्ञान के विषय में लोगों की आंखों में धूल न झोंककर स्पष्टतः सज्ञान अधिकार के साथ बोलता है।

इसका अर्थ यह कदापि नहीं कि मनुष्य एक विशेष कर्मकांड के अनुसार बात करे। आडम्बररहित रीति से, परन्तु, किसी विषय का कुछ वास्तविक ज्ञान रखने के कारण, शान्त विश्वास के साथ बात करने की योग्यता आपके प्रति तत्काल सम्मान का भाव और दिलचस्पी उत्पन्न कर देती है।

जिस विषय का हमें थोड़ा ज्ञान है, उसके बारे में प्रश्न या टिप्पणी

करना और वह दिलचस्पी दिखाना जो हमें दिलचस्प बना देती है, बुरा नहीं। तो भी अच्छा यही है कि हम उसी विषय पर बातचीत करें जिसका हमें उचित ज्ञान है।

वार्तालाप में लेना और देना, दोनों बातें आवश्यक होती हैं। इसमें यही नहीं कि दो या अधिक लोगों के साथ इधर-उधर बात करनी होती है। वरन् समझदारी के साथ वार्तालाप आप तभी कर सकते हैं जब आप सारा समय ध्यानपूर्वक बाहर से कुछ ग्रहण भी करते रहते हैं। पढ़ने, रेडियो सुनने, टेलीविज़न देखने, लेक्चरों, गोष्ठियों, संगीत सभाओं में जाने, सारा समय आप ही बोलते न रहकर दूसरे लोगों की बातचीत को ध्यानपूर्वक सुनने से हमारा मन ऐसी सामग्री से खूब भर जाता है कि हम वार्तालाप में दूसरों को बहुत कुछ दे सकते हैं।

इसके उपरान्त दूसरी बात यह है कि हमारी दिलचस्पियां यथासंभव खूब विस्तृत होनी चाहिए। यह सत्य है कि आज विशेषज्ञता प्राप्त करने का युग है। इसलिए यह और भी अधिक आवश्यक है कि जब भी हमें थोड़ा-बहुत अवकाश अपने धन्धों से मिले, हम उस संयोग को सर्वथा भिन्न क्षेत्रों का ज्ञान प्राप्त करने में लगाएं।

व्यावसायिक लोगों में एक प्रवृत्ति व्यापक रूप से पाई जाती है कि वे सामाजिक अवसरों पर भी अपने काम-धन्धों की ही बातें करते हैं। हमें इस लत से बचने का यत्न करना चाहिए।

उपर्युक्त गुणों को अपने अन्दर पैदा करने के लिए हमें बहुत ही निश्चित एवं अनुशासित प्रयास की आवश्यकता होगी। हमारा मन समयाभाव का बहाना चाहेगा। परन्तु ऐसे समय में हमें याद करना चाहिए कि किसी ऐसे व्यक्ति की संगति में हम अपने को कितना तंग और दु:खी अनुभव करते हैं जो सदा एक ही विषय पर बातें किया करता है।

उस समय का विचार आते ही हम निश्चय ही अपनी दिलचस्पियों को अधिक विस्तृत करने और अपने वार्तालाप के विषयों को विभिन्न बनाने के लिए वास्तविक उद्योग करने लगेंगे।

हममें से अनेक लोग, जिन्हें अपने विशेष धन्धे के विकास में प्रमुखता

प्राप्त करने के लिए कला-शिल्प या व्यवसाय के संबंध में बहुत कुछ पढ़ना पड़ता है, वे प्रायः अधिक व्यापक पठन की उपेक्षा कर देते हैं। ऐसी दशा में ही नियमनिष्ठ होने की आवश्यकता होती है। अपने किसी विशेष विषय के अतिरिक्त दूसरी चीजें पढ़ने पर बीस मिनट प्रति दिन लगाने से एक वर्ष में आपका ज्ञान-भंडार पर्याप्त बड़ा हो जाएगा। फिर हमें नई जगहें देखने, नये लोगों से मिलने और जीवन के प्रति नया दृष्टिकोण प्राप्त करने के अवसर कभी हाथ से नहीं जाने देने चाहिए। यह सब जीवन में हमारी अपनी आवश्यक दिलचस्पी बनाए रखने में सहायता देता है और हमारे ज्ञान एवं अनुभव को बढ़ाता है, जिससे हम रोचक बनते हैं।

हमारी दिलचस्पियां क्रियात्मक होनी चाहिए। अब तक जो कुछ कहा गया है उसका कदापि यह अर्थ नहीं कि दिलचस्प व्यक्ति बहुत-से विषयों का एक चलता-फिरता विश्वकोश होता है। सचमुच रोचक मनुष्य वह नहीं होता जो किसी बैठकखाने के वार्तालाप में प्राकृतिक विज्ञान या पुरातत्त्व शास्त्र की बातें जल्दी-जल्दी मुंह से उंडेल सकता है ; रोचक मनुष्य वह है जो देहात के भ्रमण में कोई दुर्लभ पक्षी दिखलाता और पहचान लेता है या जो रास्ते में पड़ने वाले किसी बहत पुराने गांव के निकट रुककर उसकी उत्पत्ति और मूल के संबंध में आपको मनोरंजक जानकारी देता है। बहत थोड़े लोग आनन्द के लिए कोई शब्दकोश, विश्वकोश पढ़ते हैं। इसमें ज्ञान इतना अधिक समाहित होता है कि वह रोचक नहीं लगता। वास्तविक रूप से रोचक मनुष्य वह है जिसके मन में ज्ञान का भण्डार खूब भरा पड़ा है, जिसका ज्ञान किसी चीज़ को देखने पर या उसके चारों ओर के संसार में किसी घटना से उत्तेजित होकर बाहर निकल पड़ता है। यह ज्ञान किसी निर्दिष्ट अवस्था के साथ संगत होता

यह संसार एक बहुत ही दिलचस्प जगह है। इसमें बार-बार ऐसे गुप्त झरने मिलते हैं जो ऐसे ज्ञान को प्रकट करते हैं जो मानो इसी अवसर के लिए छिपाकर रखा हुआ था।

अन्तिम और सबसे महत्त्वपूर्ण बात यह है कि हमारी दिलचस्पी व्यक्तिगत हो—अर्थात् लोगों में दिलचस्पी और उनके बारे में चिन्ता।

लोगों में सच्ची दिलचस्पी रखना मानो मानवीय व्यक्तित्व के लिए सम्मान का भाव रखना है। इसका अर्थ है दूसरे लोगों को यह अनुभव कराना कि आपका सुख-दुःख हमारा भी सुख-दुःख है। यह चीज़ों को उनके दृष्टिकोण से देखने का यत्न करना है, उनपर यह प्रभाव डालना है कि हम आपकी बात बड़ी उत्सुकता के साथ सुनने को तैयार हैं, न कि उन्हें यह अनुभव कराना कि आपकी बात सुनना उनका कर्तव्य है।

हम लोगों को तब तक दिलचस्प नहीं लग सकते जब तक लोगों में हमारी अपनी दिलचस्पी न होगी। यह बात बड़ी ही स्पष्ट और सरल है।

चीज़ों में, पुस्तकों में, कामों में, मनुष्यों में, अपने इर्द-गिर्द के संसार के सारे जीवन में हमारी दिलचस्पी जितनी अधिक गहरी और प्राणभूत होगी, दूसरे लोगों के जीवन पर हमारे व्यक्तित्व का उतना ही अधिक प्रभाव पड़ेगा। हमें स्वयं अनुभव हो जाएगा कि हमारी दिलचस्पी बहुत गहरी है। लोग हमें रोचक कहने लगेंगे।

पत्राचार की उत्तम विधि

एक अंग्रेज़ राजा ने सन 1449 में अपनी रानी को लिखा था—"मेरी परम प्रिय, हृदयेश्वरी पत्नी ! हम हृदय से आपका अभिनन्दन करते हैं।" किसी पत्र की भूमिका कदाचित् इससे अच्छी दूसरी नहीं हो सकती। इन बारह शब्दों में एक अच्छे पत्र-लेखन के दो मुख्य उपादान हैं। इसमें प्राणशक्ति और व्यक्तित्व है।

यदि हम ये दो गुण अपनी चिट्ठियों में पैदा कर सकते हैं, तो तुरन्त उन्नति होगी। यदि हम इनमें एक तीसरा उपादान—अनुराग, बढ़ा दें तो हमारे पाठक कुछ और नहीं मांग सकते। प्राणशक्ति, व्यक्तित्व और अनुराग के मिश्रण से अधिक अच्छे पत्र-लेखन का पूरा नुसखा बन जाता है।

पहले हम प्राणशक्ति को लेते हैं। अपनी चिट्ठियों को सजीव और पढ़ने में आसान बनाने की क्या रीति है ? इसका एक रहस्य है—लिखना आरम्भ करने के पहले कुछ मिनट तैयारी करना।

बहुत बार हम जो कुछ कहना चाहते हैं, उसकी स्पष्ट कल्पना के बिना, बैठते ही तुरन्त लिखना आरम्भ कर देते हैं। परिणाम यह होता है कि साधारणतः चिट्ठी का या तो रूप ठीक नहीं बनता, या उसमें प्राण की कमी रह जाती है। वाक्य बेजोड़ और लटके हुए रहते हैं तथा अत्यधिक लम्बे, उलझे हुए होते हैं, और काबू से बाहर हो जाते हैं। भिन्न-भिन्न प्रसंग आपस से बुरी तरह से घोल-मेल होकर विचार को ऐसे अव्यवस्थित रूप से बखेर देते हैं कि पाठक को उसे समझना आसान नहीं रह जाता।

इस दोष को दूर करने के लिए लेखनी को कागज़ पर चलाना आरम्भ करने के पूर्व अपनी चिट्ठी पर कुछ विचार कीजिए। इस बात का निश्चय कीजिए कि कितना कुछ लिखना है और प्रसंगों का क्रम क्या होगा। ऐसा करने से शब्द और वाक्य अपने-आप आपको सूझने लगेंगे और जब आप लिखना आरम्भ करेंगे तो आपको अपने भावों को संक्षेप से व्यक्त करना अधिक आसान जान पड़ेगा। इस रीति से कुछ मिनट खर्च करके आप बाद को निर्विघ्न धाराप्रवाह रूप से चिट्ठी लिखकर काफी समय बचा सकते हैं। यदि वाक्य यथासंभव संक्षिप्त और पैराग्राफ सुव्यवस्थित रूप से अलग-अलग होंगे तो सारी चिट्ठी पढ़ने तथा समझने में आसानी रहेगी। इसमें प्राण होंगे।

स्वाभाविक बनिए

अच्छे पत्र-लेखन का अगला उपादान व्यक्तित्व है। और इसे डालने की एकमात्र रीति यह है कि आपके लिखने में कोई बनावट न हो। आज भी अनेक ऐसे लोग हैं जो अपने मित्रों के साथ बातें तो स्वाभाविक और अकृत्रिम रूप से करते हैं, परन्तु उनके पत्र बहुत शब्दाडम्बरपूर्ण और कृत्रिम हो जाते हैं। ऐसी चिट्ठी का एक नमूना देखिए—"प्रिय सोहन, मैं कल बलदेव के घर पर गया था। और मुझे यह कहते प्रसन्नता होती है कि

उसका स्वास्थ्य अच्छा है।"

कदाचित् किसी अजनबी को तो यह कृत्रिमता का दूरतम उदाहरण न जान पड़े, परन्तु जिस मित्र को उसने यह चिट्ठी लिखी उसे यह बड़ी कर्कश लगी। यदि वे आपस में बातचीत कर रहे होते तो चिट्ठी लिखने वाला संभवतः इस प्रकार बोलता, "अहा ! मैं कल बलदेव से मिला था। वह खब दमक रहा था।"

स्वाभाविक बनिए और उसी प्रकार लिखिए जैसे आप बातचीत करते हैं। योग्यता-प्रदर्शन की भावना स्वाभाविकता को समाप्त कर देती है। जब आप चिट्ठी लिख रहे हों तो कल्पना कीजिए कि पढ़ने वाला उसे अपने घर बैठा पढ़ रहा है। इससे आपकी शैली स्वाभाविक और सरल हो जाएगी, और पत्र के साथ आपका व्यक्तित्व भी वहां पहुंचेगा।

अब पत्र-लेखन के तीसरे और सबसे आवश्यक उपादान—अनुराग को लीजिए। जब तक हमारे पास लिखने के लिए बहुत कुछ न हो, तब तक पहले दो उपादानों का कोई महत्त्व नहीं। कोई कारण नहीं कि आप अपनी लेखनी को चबाते हुए यह सोचते रहें कि मैं क्या लिखू। इसके लिए कुछ संकेत आगे दिए जाते हैं।

पहला, वह कौन-सी चीज़ है जिसमें आपको और आपकी चिट्ठी के पाठक को, दोनों को, दिलचस्पी है ? क्या उसे राजनीति में अनु. राग है ! प्रासंगिक स्थिति—राष्ट्रीय या स्थानीय—पर अपनी टिप्पणी दीजिए, इससे आपका पत्र-लेखन एक सरस काम बन जाएगा।

क्या आपका मित्र या आत्मीयजन पुस्तक-प्रेमी है ? क्या उसे सिनेमा, रेडियो, थिएटर या संगीत में आनन्द आता है ? समाचारों और आलोचन के पृष्ठों के लिए यह अवसर है। इससे आपको प्रिय कला के प्रति उच्च धारणा और भी गहरी हो जाएगी, और आप दोनों के लिए मानसिक उत्तेजना का काम देगी। सर्वोत्तम दोषान्वेषणों का इज़ारा केवल समाचारपत्रों और समालोचनाओं को ही नहीं मिला हआ है। यदि आप बच्चों को पत्र लिखते हैं तो आप देखेंगे कि जैसे किसी मनोरंजक स्थान को देखने में आपको आनन्द आता है वैसे ही उन्हें भी उस स्थान का वर्णन सुनने में आता है,

जिसका नाम उन्होंने लोगों से सुन रखा है। चाहे यह कोई प्रसिद्ध दृश्य हो, कोई मनोरंजक छुट्टी हो, या कोई प्राचीन दुर्ग, आप चिट्ठी में उसके संबंध में अपना अनुभव सुललित एवं सविस्तर लिखकर बच्चे को सदा के लिए अपना मित्र बना लेंगे।

इसके विपरीत, कदाचित् आपकी चिट्ठी पढ़ने वाला आपसे बड़ा और अधिक अनुभवी हो। तब आपको अपनी कुछ समस्याएं छाती से बाहर निकाल देने का सुयोग है। अपने संदेह और भय, अपनी आशाएं और महत्त्वाकांक्षाएं लिख लीजिए। यदि आवश्यक हो तो परामर्श मांगिए।

हम सबको मनोरंजक अनुभव हुआ करते हैं और हम बहुत-से मनोरंजक लोगों से मिला करते हैं। सदा बहुत-से ऐसे स्थानीय समाचार रहते हैं जो समाचारपत्रों में नहीं छपते। यदि आप इस विषय पर केवल पांच मिनट भी सोचेंगे तो आप देखेंगे कि केवल आलसी व्यक्ति को ही लिखने के लिए मौसम से अधिक अच्छा और कोई विषय नहीं मिलता।

चिट्ठी का उत्तर लिखते समय पहले चिट्ठी को अच्छी तरह पढ़ लीजिए ताकि आप लेखक के सभी प्रश्नों और बातों का उत्तर दे सकें। संभवतः जब कभी किसीने पत्र में आपकी बातों का उत्तर नहीं दिया तो आप भी चिढ़ गए होंगे।

जहां तक भी बन पड़े सुपाठ्य रूप से लिखने का यत्न कीजिए। तनिक धीरे लिखने से स्पष्ट लिखावट सुपाठ्य वाक्यों में बदली जा सकती है। आपका चिट्ठी पढ़ने वाला इस सुधार के लिए आपको आसीस देगा। सुपाठ्य रूप से लिखना एक प्रकार का सौजन्य है और बुरी लिखावट अशिष्टता है।

पत्र-लेखन एक कला हो सकती है। दूसरी कलाओं की भांति यह भी कलाकार को सन्तुष्टि और उसके श्रोताओं को आनन्द दे सकती है। परन्तु दूसरी कलाओं के विपरीत, इसके लिए पूरी तरह संसर्ग बनाए रखने की सच्ची लालसा के सिवा और किसी विशेष प्रतिभा की आवश्यकता नहीं।

अगली बार जब आप लिखने बैठे तो स्वाभाविक रूप से लिखने का यत्न कीजिए। आपको यह एक सन्तोषप्रद काम मालूम होगा। इसे एक स्वभाव बना लीजिए और यह आपके जीवन को समृद्ध बना देगा। और बिछुड़े हए

मित्रों की दृष्टि में आपका मूल्य बढ़ा देगा। उनका पहला उत्तर आपके उद्यम को भली भांति सार्थक कर देगा।

निर्भीक बनिए

इस बात से इंकार नहीं किया जा सकता कि डर हमारा भारी शत्रु है। न केवल यही कि इसके कारण हम पथभ्रष्ट हो सकते हैं, वरन् यह इससे भी अधिक हानि पहुंचा सकता है। यह हमसे स्वास्थ्य, सुख और सफलता छीन सकता है। बहुत-से लोग जो रुग्ण हैं, दुखी हैं, या विफलता के भाव से कष्ट पाते हैं, उनकी इस विपत्ति का कारण प्रायः भय ही होता है।

हो सकता है कि वे स्वयं अपने कष्ट के ठीक कारण को न समझ पाते हों। डर बहुधा लोगों के जीवन को नष्ट कर डालता और सड़ा-गला देता है, क्योंकि यह उनके पास अनेक छद्म वेशों में पहुंचता है। तब यह देखने के लिए कि यह शत्रु आपको कहां दवा रहा है, अपने जीवन के भीतर दृष्टि डालिए।

आप देखेंगे कि आपके डर इन चार श्रेणियों में से किसी एक या अधिक के अन्तर्गत हैं—आय के अपर्याप्त होने का डर, भूलें करने और विफल होने का डर, दूसरों से घटिया होने का डर और निस्संग होने का डर।

शत्रु भय, चाहे कोई भी भेस बदले, कायर है। जब आप इससे परे दौड़ेंगे तो यह आपको पकड़ने पीछे दौड़ेगा और आपको डराएगा। परन्तु एक बार जब आप उसके सम्मुख खड़े हो जाएंगे, उसका सामना करेंगे, और उसकी खबर लेंगे, तो आपका शत्रु दुम दबाकर भाग जाएगा। और आपकी विजय हो जाएगी।

पहले अपर्याप्त आय के डर को ही लीजिए। क्या आपको अभाव का

यह भयानक भय समय-समय पर तंग किया करता है ? यदि यह बात है तो इस समस्या को उसके उचित आकार में देखने के लिए अपनी तर्कशक्ति से काम लीजिए। भली भांति अनुभव कीजिए कि जब तक आप ठीक रीति से रहते हैं, आप कभी भी न्यूनतम परिमित आय के बिना नहीं हो सकते, क्योंकि सफलता आपका जन्मसिद्ध अधिकार है।

आपको केवल इतना ही करना है कि इस जन्मसिद्ध अधिकार के लिए अपना दावा प्रस्तुत करें। यह काम आप किसी भय के भाव के साथ नहीं, वरन् बुद्धि, विवेक, दयालुता और उपयोगिता जैसे अपने उच्चतम सद्गुणों को व्यक्त करने के लिए प्रतिदिन बाहर जाने के रचनात्मक लक्ष्य के साथ दैनिक जीवन बिताते हुए कर सकते हैं।

यदि आप अपने दैनन्दिन जीवन में इन सदगुणों को व्यक्त करने का पूरा-पूरा प्रयत्न करेंगे तो आप कभी भी पर्याप्त आय के बिना नहीं होंगे। किसी न किसी व्यक्ति को आपकी आवश्यकता सदा बनी रहेगी।

अब भूल करने और विफल रहने के डर को लीजिए। यदि आप एक बार इस तथ्य को हृदयंगम कर लेंगे कि प्रत्येक प्रतीत होने वाली भूल या असफलता एक सुयोग होता है, कोई नई बात सीखने और उस अनुभव से लाभ उठाने का सुयोग, तो फिर आपको विफलता जैसी कोई चीज़ कभी नहीं हो सकती। अगली बार जब आप कोई भूल करें तो अपने-आपसे प्रश्न कीजिए, "मैं क्या शिक्षा ले सकता हूं ?" तब इस अनुभव के लिए और उन मूल्यवान शिक्षाओं के लिए कृतज्ञ हजिए जो इसने आपको सिखाई हैं।

अनुचित भय

क्या आप इसलिए डरते हैं कि आप दूसरों से घटिया हैं ? बहुत-से लोगों को जीवन में किसी न किसी समय यह डर सताया करता है।

यह कितना अनुचित है ! यह मुख्यतः अपनी तुलना करने से उत्पन्न होता है। इसपर भी आप एक ऐसे व्यक्ति हैं जिसकी अपनी शिक्षा, अनुभव और विशेषतासूचक गुण अद्वितीय हैं। इसलिए आप अपनी तुलना वैध रूप से

किसी दूसरे के साथ नहीं कर सकते।

इसके स्थान में, अपने-आपको और अपने विशेष व्यक्तिगत गूणों और योग्यताओं को विकसित करने पर ध्यान दीजिए। दूसरों को उनकी अपनी योग्यताएं बढ़ाने दीजिए।

आपकी योग्यताएं और सुयोग आपको कितने भी तुच्छ क्यों न प्रतीत हों, जब एक बार आप उनका अच्छे से अच्छा उपयोग करने पर अपना समूचा प्रयत्न केन्द्रित कर देंगे तो यह चिन्ता कि आप दूसरों की तुलना में कैसे लगते हैं, बिलकुल लुप्त हो जाएगी।

दूसरे बहुत-से लोगों की तरह, हो सकता है, आप भी अकेले होने का भय अनुभव करें। यदि यह बात है तो आपको यह जानकर हर्ष होगा कि इस डर का समाधान अब आपको प्राप्त है।

आपको यह समाधान मिल जाएगा, यदि आप इसे दूसरों के साथीपन में ढूंढना छोड़कर अपने भीतर ढंढेंगे।

अकेलेपन का इलाज दूसरे लोगों के साथ मेल-जोल करने में नहीं, वरन् इस बात में है कि आप अपने जीवन को अपने लिए इतना दिलचस्प बनाएं कि आप अपने लक्ष्य और गतिविधि में ही निमग्न रह सकें।

अपने जीवन को मनोरंजक बनाने की रीति पहले दैनन्दिन काम के प्रति रचनात्मक मनोभाव रखना है। यदि आपको यह विरक्तिकर और नीरस भी प्रतीत हो, तो भी इसे अपने लिए मनोरंजक बनाने के उपाय ढूंढ़िए।

अपने काम के प्रति रचनात्मक भाव रखने के अतिरिक्त कोई ऐसा प्रिय विषय भी ढूंढ़िए जो रचनात्मक और साथ ही सामाजिक रूप से उपयोगी भी हो। इस प्रिय विषय को चुनते समय सोचिए कि आपकी अधिकतम दिलचस्पी किस विषय में है—जैसे कि संगीत, नाटक, कला, पुस्तक-रचना, बागबानी, कार चलाना, रसोई बनाना, शिल्प या कोई दूसरा काम।

जब आप निर्णय कर लें कि कौन-सा विषय आपको सबसे अधिक भाता है, तो उस विषय को सिखाने वाली किसी शाला में भरती हो जाइए, या उस

विषय की पुस्तकें पढिए, और इस प्रकार अपने विचारों और योग्यताओं को पूरा-पूरा विकसित कीजिए।

तब आप इतने सक्रिय और निमग्न हो जाएंगे कि अपने को अकेला अनुभव ही नहीं करेंगे। और तब आप देखेंगे कि बजाय इसके कि आप दूसरों का साथ ढूंढें, दूसरे लोग आपकी संगति ढुंढेंगे। कदाचित् इन थोड़े-से उदाहरणों में आपको इस सचाई की कुछ झांकी मिल गई होगी कि डर अनुचित और असमर्थनीय है।

आपका भय चाहे कोई भी रूप धारण क्यों न कर ले, उसमें उससे अधिक वास्तविकता नहीं होती जितनी कि बालक के अन्धकार से पैदा हुए डर में होती है। जिस आसानी से आप कमरे में बिजली का स्विच दबाकर बालक के अन्धकार के भय को दूर कर देते हैं, उसी आसानी से प्रकाश डालकर आप अपने मन के भय को भी दूर कर सकते हैं।

मानसिक प्रकाश की बत्ती जलाने और इस प्रकार भय के अन्धकार की अवास्तविकता प्रमाणित करने की रीति यह है कि प्रति दिन रचनात्मक रूप से सोचने और प्रत्येक समस्या और प्रत्येक लगने वाली भूल या विपत्ति को रचनात्मक रूप देने का प्रयत्न किया जाए।

निश्चय रखिए, आपके जीवन में जो भी समस्या आती है उसका कोई अच्छा समाधान अवश्य होता है। जब तक आप उस समाधान को ढूंढ़ न लें, तब तक आराम से मत बैठिए। तब आपका जीवन सफल, सुखी और निर्भय होगा।

डा० मेक्स्वल माल्ट कहता है कि मुझे अब पहले से भी अधिक विश्वास हो गया है कि हममें से प्रत्येक व्यक्ति हृदय से अधिक जीवन चाहता है। सुख, सफलता, मन की शान्ति या श्रेष्ठ पुण्य के बारे में आपकी जो भी कल्पना हो, उसका सार अधिक जीवन के रूप में ही अनुभव किया जाता है।

जब हम सुख, आत्मविश्वास और सफलता की विस्तृत भावना का अनुभव करते हैं, तो हम अधिक जीवन का आनन्द लेते हैं। और जितना हम अपनी योग्यताओं को रोकते, अपनी ईश्वर-प्रदत्त क्षमताओं को व्यर्थ करते,

और अपने-आपको चिन्ता, डर, आत्मग्लानि और आत्म-धिक्कार से दुःख पाने देते हैं, उतना ही हम अपने लिए प्राप्य जीवन-शक्ति का गला घोंटते और हमारे स्रष्टा ने हमें जो दान दिया है, उससे मुंह मोड़ते हैं।

आत्म-परीक्षा

संभव है, आपको वार्तालाप करना कठिन प्रतीत होता हो, क्यों कि आप समझते हैं कि वार्तालाप करने का अर्थ है अपनी बातें करते जाने की योग्यता के साथ दूसरे लोगों को प्रभावित करना।

परन्तु वार्तालाप देने और लेने का धन्धा है। यह सारी मंडली की बातचीत का केन्द्र बना रहने का यत्न करने या मिलनसार होने का सारा बोझ अपने कन्धों पर लेने का प्रयास करने का नाम नहीं।

आपकी स्थिति क्या है, यह जानने के लिए आगे लिखे प्रश्नों से परीक्षा करके देखिए। अन्त में दी गई कुंजी को देखने के पहले प्रत्येक प्रश्न का उत्तर 'हां' या 'नहीं' में दीजिए।

1. क्या आप दूसरों की बातें सुनने में भी उतना ही आनन्द लेते हैं जितना कि दूसरों को अपनी बातें सुनाने में ?

2. जब लोग आपसे बातें करते हैं तो क्या आप पूरे ध्यान से सुनते हैं ?

3. क्या आप बीच में न बोलकर उनको अपनी बात पूरी कर लेने देते हैं ?

4. क्या आपने कभी अपनी वाणी का रिकार्ड तैयार किया है या बोलने का कोई प्रशिक्षण लिया है ? या आपने किसी विश्वस्त स्पष्टवक्ता मित्र से पूछा है कि आपका बोलने का ढंग कैसा है ?

5. क्या आप व्याकरणसंगत भाषा में बात करने का यत्न करते हैं ?

6. क्या आप सौगन्ध खाने और अशिष्ट भाषा में बोलने से बचते हैं ?

7. हो सकता है कि आपकी वक्तृता का विषय और शैली एक व्यक्ति या छोटी-सी मण्डली के लिए उपयुक्त हों, परन्तु दूसरे लोग उसकी परवाह न करें। जिन लोगों के साथ आप हैं क्या आप अपने विषय और वार्तालाप की शैली को उनके उपयुक्त बनाते हैं ?

8. क्या आप अपना आशय स्पष्ट और संक्षिप्त रूप से कह सकते हैं ?

9. क्या आप अपनी असली बात को बिना भुलाए, कोई व्याख्यान या हंसी-दिल्लगी सुना सकते हैं ?

10. क्या आप घिसी-पिटी पुरानी बातें न करके आज के युग के नवीन विषयों पर बातें करते और अपनी दिलचस्पी के विषयों को बढ़ाते रहते हैं ?

11. क्या आप अपने वार्तालाप को मनोरंजक और सजीव बनाने में सहायता देने के लिए मनोरंजन और मन-बहलाव की बातें अपने मन में याद रखते हैं ?

12. मान लीजिए कि आपको किसी अपरिचित या ऐसे व्यक्ति से मिलना है जिसे आप बहुत अच्छी तरह नहीं जानते ; क्या आप पहले ही अपने मन में विचार कर लेते हैं कि वह दूसरा व्यक्ति संभवतः क्या कहेगा और आप क्या कहेंगे ?

13. मान लीजिए, आप मित्रवत् होना चाहते हैं या यह वांछनीय है कि दूसरे व्यक्ति पर आपका अच्छा प्रभाव पड़े; क्या आप पहले ही उसके अनुराग और दिलचस्पियां मालूम करने का यत्न करते हैं, जिससे आप समझदारी के साथ उसकी बातें सुन सकें और आप बात कर सकें ?

14. क्या आप दूसरे लोगों को परे रखने, उनको मात करने और किसीको अपमानजनक हंसी उड़ाने के प्रलोभन से अपने को रोकते हैं ?

15. क्या आप तुरन्त अनुभव कर लेते हैं कि मैं कोई भद्दा विषय या किसीके हृदय को ठेस पहुंचाने वाली बात छेड़ बैठा हूं ?

16. क्या आप किसी विवादास्पद विषय पर बिना घबराए या कदाचित्

आपे से बाहर हुए बिना बातचीत कर सकते हैं ?

17. क्या आप तुरन्त अनुभव कर लेते हैं कि अब लोग चाहते हैं कि विषय बदल दिया जाए ?

18. क्या आप ऐसे विषय पर बात करते हैं जिससे संभवतः आपके श्रोताओं को अनुराग है या लोगों को स्वयं अपने विषय में ही बातें सुनाते हैं ?

19. क्या आप लोगों को आपसे बातें करने के लिए उत्साहित करते हैं; या कि सारा समय आप ही बोलते जाते हैं ?

20. क्या आप जितना अनुराग अपने-आप में रखते हैं, उससे अधिक दूसरे लोगों में रखते हैं ?

प्रत्येक 'हां' के लिए 5 नम्बर गिनिए। 70 की संख्या अच्छी है, 60 से 70 तक सन्तोषजनक है। 60 से कम सन्तोषजनक नहीं है।

लोगों को आपकी बात सुननी होती है, इसलिए इस प्रकार बोलिए जिससे उनके कानों को भाए। स्पष्ट और संक्षिप्त रूप से बोलिए। लंबे और उलझे वाक्यों से परे रहिए।

जब लोग आपसे बातें करें तो ध्यान देकर सुनिए।

यदि आप दिलचस्पी लेंगे तो लोगों को आपके साथ बात करके आनन्द आएगा। और आपको भी उनसे बातें करना आसान जान पड़ेगा।

मानसिक दबाव से मुक्ति

जार्ज बोरो नामक एक विद्वान का कथन है, "भाइयो, यह जीवन बहुत मधुर है।" इसे सुन बहुत-से लोग घृणापूर्वक बड़बड़ाने लगते हैं।

ऐसे लोगों के लिए जीवन रूखा और चिड़चिड़ा हो गया है। वे इसके लिए एक भी अच्छा शब्द कहने को तैयार नहीं। यह उन्हें एक असन्तोषदायक

अनुभव प्रतीत होता है।

निस्सन्देह हम सबको जीवन में चिन्ताओं और निराशाओं का मुंह देखना पड़ता है। यदि हम चाहे कि जीवन में हमपर कभी कोई कष्ट न आए तो वास्तव में हम बहुत अधिक की मांग करते हैं।

फिर हमें चाहे जो भी कठिनाइयां देखनी पड़ें और जीवन की परिस्थितियों की जो भी हुंडियां हमें चकानी पड़ें, यह बात सत्य ही बनी रहती है कि यह हमें ऐसे प्रतिफल और सन्तोष पेश कर सकता है जो इसके हमपर डाले हुए बोझों और कष्टों से कहीं अधिक होते हैं।

'सुखी जीवन का रहस्य', 'जीने की कला', और 'जीवन-क्षेत्र में उन्नति के उपाय' आदि पुस्तकें यों ही गपोड़े ही नहीं। वे, जो भी हों, हमारे जीवन के लिए हमारे सामने नितान्त वास्तविक संभावनाएं प्रस्तुत करती हैं।

आइए, ऐसी थोड़ी-सी सामान्य शिकायतों पर विचार करें जो लोग जीवन के संबंध में किया करते हैं। हम पाएंगे कि बहुधा कष्ट का कारण उतना परिस्थितियां नहीं जितना कि स्वयं वे लोग होते हैं जो शिकायत किया करते हैं। वे अपने को उन अवस्थाओं के अनुसार बदलने और ठीक करने से इंकार कर देते हैं। यही बात उनके कष्ट का कारण होती है।

कुछ लोग शिकायत किया करते हैं कि जीवन में हमें जिन असुविधाओं से दो-चार होना पड़ा है उनका कारण हमारा अपना कोई दोष नहीं है। उदाहरणार्थ, हो सकता है कि उनमें कोई सचमुच का शारीरिक दोष हो और उसके कारण वे वह काम न कर सकें जो वे करना चाहते हैं।

वीर मनुष्य ऐसी शारीरिक अक्षमताओं को पांवों तले दबाकर उनके ऊपर से आगे लांघ जाते हैं। दूसरे लोग ऐसा नहीं करते। वे यह रुख अपनाते हैं कि जीवन ने उनके साथ न्यायसंगत व्यवहार नहीं किया है। वे अपनी सहायता के लिए आप कुछ नहीं करते। सहस्रों मनुष्य ऐसे हैं जिनकी स्थिति उन जैसी ही है, परन्तु जीवन उनको नीचे नहीं गिरा पाया। उन्होंने दृढ़ संकल्प कर लिया है कि हम या तो मार्ग की बाधाओं को रौंद डालेंगे या फिर कोई दूसरा मार्ग खोज निकालेंगे।

पहले प्रकार की प्रतिक्रिया का बढ़िया उदाहरण डीमास्थनीज़ है। वह

जन्म से हकलाता था। इसपर भी वह संसार का एक बहुत बड़ा सद्वक्ता बन गया।

कहावत है कि बाधाएं या तो मनुष्य को पीस डालती हैं या फिर उसे उन्नति की ओर अग्रसर कर देती हैं। हो सकता है कि वे हमारे विश्वास, धैर्य और साहस को नष्ट कर दें, या वे दृढ़ संकल्प और कार्य-संपादन की नई ऊंचाइयों पर पहुंचने का एक साधन हो जाएं।

विघ्न-बाधाओं को चुनौती के रूप में स्वीकार करना तथा उनपर विजय प्राप्त करने का निश्चय करना ही उनका सफलतापूर्वक सामना करने का रहस्य है।

जहां कुछ लोग असफलता का कारण अपनी किसी शारीरिक बाधा को बताते हैं, वहां कुछ लोग ठीक सुयोग प्राप्त न होने का रोना रोते हैं। वे कहते हैं, "मुझे कभी सुयोग ही नहीं मिला।" यह भाव प्रायः अपने सुयोगों की दूसरों के सुयोगों के साथ तुलना करने से उत्पन्न होता है। जब हम ऐसा करते हैं तो अनिवार्य रूप से हम पता लगाते हैं कि दूसरे लोगों को हमसे अधिक सुयोग हैं।

कठिनाई यह है कि अनेक लोग दूसरों के सुयोगों को ईर्ष्यापूर्वक कूतने में इतने लीन हैं कि जो सुयोग उनके अपने द्वार पर खड़े हैं, उनको वे बिलकुल देखते ही नहीं। यह लालसा करना कि किसी दूसरे व्यक्ति के सुयोग या किसी दूसरे का काम हमारे पास होता तो क्या ही अच्छा होता, भारी मूर्खता है। यदि हम अपनी अवस्था का सतर्कता और आशा के साथ निरीक्षण करेंगे तो हम इसे सुयोगों से भरी पाएंगे।

हमें चीज़ों को, जैसी वे हैं वैसी नहीं वरन् जैसी वे हो सकती हैं वैसी देखने का स्वभाव उत्पन्न करना चाहिए। यदि हम दृढ़संकल्प हों, तो बहुत थोड़ी अवस्थाएं ऐसी हैं जिनमें से हम कोई अच्छाई प्राप्त न कर सकें। उदाहरणार्थ, अपने मन में अपना ऐसा चित्र रखना जिसमें हम खूब हृष्ट-पुष्ट और पूर्ण स्वस्थ दीख पड़ते हों, एक प्रकार से उन अस्पष्ट पीड़ाओं और कष्टों को देश-निकाला देना है, जो बहुधा उदासी, क्रोध, रोष इत्यादि के परिणाम होते हैं।

एक दूसरी आम शिकायत धन की कमी की हुआ करती है। यह बात सत्य है कि कुछ लोगों पर दूसरों की अपेक्षा लक्ष्मी की अधिक कृपा है। फिर भी कई लोग अपने को वास्तविकता से अधिक निर्धन अनुभव करते हैं।

प्रसिद्ध विचारक नार्मन विन्सेण्ट पील ने कैसी पते की बात कही है कि "यदि आप सोचते हैं कि आपके पास धन का अभाव है, तो आप धनाभाव की अवस्था उत्पन्न करने जा रहे हैं। प्रकृति का यह एक विचित्र नियम है।" उसका आग्रह है कि हमें अभाव का विचार छोड़कर प्रचुरता का विचार मन में लाना चाहिए। वह कहता है, "अभाव के सब विचारों को पीछे हटाकर प्रचुरता के विचारों का अभ्यास करना चाहिए।"

निर्धनता की स्थिति पर काबू पाने के लिए और भी कई क्रियात्मक विचार हैं। उदाहरणार्थ, मितव्ययिता और धन-संचय का विचार भी आवश्यक है। खर्च अन्धाधुन्ध नहीं, वरन् सोचसमझ कर किसी नियम के अनुसार होना चाहिए। हम भूल जाते हैं कि सोच-समझकर खर्च करना भी संपन्नता के लिए बड़ा महत्त्व रखता है।

ये सरल-से विचार हमें व्यक्तिगत आर्थिक नीति निर्धारित करने में बड़ी सहायता दे सकते हैं। यह ठीक है कि इस नीति पर चलने से हम अवश्य ही लखपती नहीं बन सकते, फिर भी आर्थिक अभाव का जो विचार बहुत-से लोगों को दुःखी करता रहता है, वह इससे बहुत कुछ दूर हो जाता है।

अनेक दूसरे ऐसे लोग भी हैं जो जीवन से इसलिए असंतुष्ट हैं, क्योंकि वे अनुभव करते हैं कि हमारा आदर नहीं होता। वे शिकायत किया करते हैं कि कोई हमको प्रेम नहीं करता। 'लोग मुझे चाहें' ऐसी बातों की अत्यधिक चिन्ता का परिणाम बहुधा उलट होता है।

जिस व्यक्ति की दिलचस्पियां बहुत विस्तृत हैं, जो समालोचना से चिढ़ता नहीं, जो सदा प्रभाव डालने का यत्न नहीं किया करता, जो दूसरे लोगों में भी उतनी ही दिलचस्पी रखता है जितनी कि उसकी अपने में है, जो सुनाना ही नहीं, सुनना भी पसन्द करता है—ऐसा व्यक्ति जानबूझकर लोकप्रिय होने

का यत्न नहीं करेगा, परन्तु उसके लोकप्रिय होने के संयोग स्वतः ही पैदा हो जाते हैं।

जब हम अनुभव करते हैं कि कोई हमें पूछता नहीं, तो इसका मूल कारण यह होता है कि हमारी विचारधारा केवल अपने तक ही सीमित रहती है। जो व्यक्ति अपने-आपके सिवा और किसीकी चिन्ता नहीं करता, उसे भी कोई व्यक्ति पसन्द नहीं करता।

यदि आप लोकप्रिय बनना चाहते हैं तो आपको परिहासशील और मित्रवत् बनना होगा। जो मनुष्य दूसरे लोगों में सच्ची दिलचस्पी लेता है, उसे सम्मान प्राप्त होने की कभी शिकायत नहीं होगी।

परन्तु जो लोग जीवन से तंग आए होने की शिकायत करते हैं, उनके साथ हम क्या कर सकते हैं ? इस मानसिक भाव के मूल में प्रायः वही कारण होते हैं जिनकी चर्चा हम पहले कर आए हैं।

जो सुयोग हमें घेरे पड़े हैं उनकी उपेक्षा करना, और जीवन के आश्चर्यों के प्रति संवेदनशील न होना, साथ ही दूसरे लोगों के प्रति उदासीनता जीवन से तंग आने के सबसे बड़े कारण होते हैं। यदि हम संकीर्ण और सीमाबद्ध जीवन बिताते हैं, हमारा अपने-आपके सिवा किसी दूसरे से कोई सम्बन्ध नहीं, तो हम जीवन से ऊब जाएंगे। ऐसी दशा में कौन है जो तंग न आ जाए ! जब हम जानबूझकर स्वनिष्ठ होना छोड़ देंगे, केवल तभी जीवन हमें अपने बहुमूल्य रत्न देना आरम्भ करेगा।

अन्ततः वे लोग हैं जिनपर इस बात का अस्पष्ट बोझ रहता है कि जीवन मुझे नीचे और नीचे लिए जा रहा है। थका-थका रहना, तनाव, विफलता और निराशा एवं हीनता का भाव उनके जीवन के लक्षण होते हैं। वे एक दूषित चक्कर में घूमते हैं। जो शक्ति रचनात्मक कार्यों में लगनी चाहिए, वह उनकी तनातनी और क्रोध में तुरन्त जल जाती है।

तनाव को दूर करना

उनकी पहली आवश्यकता है विश्राम द्वारा अपने तनाव को दूर करना। इसके साथ ही मानसिक तनाव को दूर करने की विधियां बताने वाली कुछ

अच्छी पुस्तकें भी पढ़नी चाहिए।

विश्राम अनुशासित तथा नियमित होना चाहिए। इसको जितना भी महत्त्व दिया जाए, थोड़ा है। यह हमारी बहुत-सी ऐसी समस्याओं की चाभी है जिनका हमें अनुभव भी नहीं। इसके अभ्यास में कुछ कठिनाइयां तो अवश्य प्रस्तुत होंगी, परन्तु इससे जो लाभ हो सकते हैं उनकी तुलना में ये कठिनाइयां कुछ भी नहीं।

हम अपने को थका, पराजित, विफल और अपर्याप्त समझते हैं। इसका कारण परिस्थितियां नहीं, वरन् हमारे अपने विचारों ने ही ऐसा किया है।

जब एक बार आपने इस लड़खड़ाते विचार को सचमुच दृढ़तापूर्वक पकड़ लिया, और अनुभव कर लिया कि जीवन अधिकतर वही कुछ होता है जो हम इसके बारे में विचारते हैं और जो कुछ हम इसे बनाते हैं, समझिए कि हमने सफल और सुखी जीवन की ओर एक बहुत बड़ा पग उठा लिया।

सदा तरुण बने रहिए

ससार में भूखे लोगों की संख्या बहुत है। पर भोजन के भूखे जितने लोग मिलते हैं उनसे कहीं अधिक संख्या ऐसे लोगों की है जो अधिक जीवन, अधिक अच्छा स्वास्थ्य, अधिक तरुण शरीर और अधिक उत्सुक मन के भूखे हैं। प्रत्येक व्यक्ति जीने का इच्छुक है।

एक महाशय लिखते हैं कि कुछ वर्ष हुए मुझे एक रोग हो गया। वह असाध्य माना जाता था। मेरे जीने की सभी आशाएं छोड़ दी गईं। परन्तु मैं बच गया। वह कहता है, मुझमें कुछ विशेषताएं हैं जिनसे दूसरे भाई लाभ उठा सकते हैं। एक विशेषता तो यह है कि मैं जीवन को कोई भार नहीं

समझता। मुझे जीने में आनन्द आता है। सब जीना तो चाहते हैं, परन्तु रोते हुए, संसार की असारता पर आंसू बहाते हुए। मैं फाल्गुन मास में अपना जन्मदिन मनाया करता हूं। मुझे उसमें आनन्द आता है। रोग से मुक्त होने के लिए मुझे यत्न वरन् संग्राम करना पड़ा।

जन्मदिन पर मुझे बधाई के सन्देश और उपहार आते हैं। मुझे प्रसन्नता होती है। परन्तु मैं अपने को पहले से बड़ा या बूढ़ा स्वीकार करने को तैयार नहीं हो जाता। मैं अपना जन्मदिन इसलिए नहीं मनाता कि मेरे जीवन का एक वर्ष और सुखपूर्वक बीत गया, वरन् मैं जन्मदिन इसलिए मनाता हूं कि मेरे जीवन का एक नया वर्ष आरम्भ हुआ है, जिसमें मैं खूब सैर कर सकूंगा, अद्भुत कार्य कर सकूंगा, और सिद्धियां प्राप्त कर सकूंगा। मेरी दूसरी विशेषता है लोगों में आनन्द लेने की प्रबल प्रवृत्ति। मैं अपने 12 भाई-बहिनों में से 11 वां हूं। मैं उनमें और उनके कामों में खूब दिलचस्पी लेता हूं। यदि आप एक सौ वर्ष या इससे भी अधिक जीना चाहते हैं और चाहते हैं कि उस समय आपका शरीर पीड़ा और दुराव से जकड़ा न जाए, आपका मुख-मंडल सूखे बेर जैसा न हो जाए, और तब भी संसार में कोई उपयोगी काम कर सकें, तो केवल भूख मिटाने के लिए ही नहीं वरन् स्वास्थ्य, अच्छे मुखमंडल, तरुणाई और जीवन के आनन्द के लिए खाइए। तब आप चालीस, पचास, साठ और सत्तर वर्ष की आयु में भी अपने को बूढ़ा नहीं पाएंगे। आपको अस्सी-नब्बे वर्ष की आयु में भी बूढ़ा होने का प्रयोजन नहीं। इसके लिए आपको सीखना होगा कि अपने किसी एक अंग को ही नहीं, वरन् समूचे शरीर को कैसे पोषित किया जा सकता है। तब आपको ज्ञान हो जाएगा कि आपकी रक्तधारा में वे सब प्राणभूत तत्त्व रहने चाहिए जो आपके शरीर, शिराओं, मांसग्रन्थियों, हड्डियों, बड़ी अंतड़ी और जोड़ने वाले मांसतन्तुओं के भीतरी भाग को पोषित करें। इससे, आपकी आयु चाहे कितनी भी हो, आप अपने को तरुण अनुभव करने लगेंगे।

आपको अपने मानसिक बोझ को परे फेंककर हलका हो जाना चाहिए।

यह समझना भारी भूल है कि मनुष्य का जीवन केवल साठ-सत्तर वर्ष है। इस धारणा को मन से बिलकुल निकाल देना चाहिए। मानव-जीवन की लम्बाई के संबंध में जो तथ्य और आंकड़े मिलते हैं उनके अध्ययन से पता लगता है कि मैडिकल साइंस और खाद्यविज्ञान के प्रताप से अब,हम जीवन-अवधि के अधिक लंबा होने की आशा कर सकते हैं। यह अविकल रूप से दिन पर दिन अधिक लंबी होती जा रही है। हमारे पूर्वज जितना समझते थे कि औसत जीवन इतना लम्बा हो सकता है वह उससे कहीं अधिक लम्बा हो गया है। गत पच्चीस वर्ष में प्रत्याशित जीवन-अवधि दुगुनी हो गई है।

सत्तर वर्ष की आयु के ऊपर के मनुष्य जितने आज हैं उतने आज से पचास वर्ष पूर्व न थे। और अगले पचास वर्ष में इनकी संख्या दुगुनी हो जाएगी। विज्ञान ने बहुत-से रोगों पर विजय पा ली है। टायफायड, निमोनिया, यक्ष्मा प्रभृति रोग भी पहले असाध्य समझे जाते थे, आज नियंत्रण में आ चुके हैं। मलेरिया, चेचक और प्लेग प्रायः समाप्त ही हैं। पूर्व के देशों में स्वास्थ्य के नियमों का ज्ञान कम रहने से औसत आयु कम हो गई थी। केवल थोड़े-से लोग जलवायु और खान-पान की असामान्य अवस्थाओं के प्रताप से लम्बी आयु पा जाते हैं। इसलिए पूर्वी देशों में बड़ी आयु के लोग इतने थोड़े हैं कि लोग उनके दर्शनार्थ दूर-दूर से आते हैं। यहां औसत आयु मुश्किल से पचीस से ऊपर है। इसके विपरीत पाश्चात्य देशों में विज्ञान की कृपा से औसत आयु पचीस से भी ऊपर हो गई है।

इसलिए यह कहना ठीक नहीं कि तुम्हारा समय निकल गया; अब कुछ नहीं बन सकता। संयोग बार-बार नहीं मिलता—ऐसा कहना ठीक नहीं।

संयोग बार-बार मिलता है। उसे पकड़ने का यत्न होना चाहिए। नया स्वास्थ्य, नया यौवन, नया और साहसी जीवन लाने के लिए संयोग बार-बार आपका द्वार खटखटाया करता है। उसे खोलिए। आप किसी भी प्रकार, अच्छी या बुरी प्रकार, बूढ़े नहीं हो रहे। आप जो कुछ करते हैं उसका आपकी आयु से कोई संबंध नहीं। आपकी दिलचस्पी अपने यौवन में है। अपनी आयु को भूल

जाइए। उसका कोई महत्त्व नहीं। महत्त्व की बात यह है कि क्या आप सजीव हैं ? जब तक आप जीते हैं, क्या आप तरुण बने रहना चाहते हैं ? केवल जीना ही नहीं, वरन् खूब चुस्त और फुर्तीले बनकर जीना भी ?

अपनी आयु को भूल जाइए

यदि आप तरुण बना रहना चाहते हैं तो अपनी आयु को भूल जाइए। कदाचित् आपको यह अनोखी बात लगेगी। मन में विचार रखिए कि मैं सौ वर्ष अवश्य जीऊंगा। कल्पना में अपनी आयु को भविष्य में दूर तक ले जाइए। सोचिए कि जब आप सौ वर्ष के होंगे तो पंचांग का कौन संवत् होगा। सोचिए, उस समय संसार कैसा होगा ? कौन नई, अनोखी, मनोरंजक, अनसुनी बातें संभवतः तब देखने को मिलेंगी। अपने-आपसे कहिए—मैं तब चुस्त हूंगा। तब मैं कर्मठ और आनन्दी हूंगा। इसे केवल दिवास्वप्न या कोरी कल्पना ही न समझिए। यह तो एक वैज्ञानिक तथ्य की स्वीकृति है। विज्ञान ने आपके जीवन-परिमाण को इतना बढ़ा दिया है कि आप उसकी प्रत्याशा भी नहीं कर सकते थे।

आप जब सौ वर्ष जीने की इच्छा करते हैं तो अपने आपसे कहिए, मैं तो अभी केवल पचास ही वर्ष का हूं। इसका परिणाम यह होगा कि आप अपने को तरुण अनुभव करने लगेंगे।

यह एक सर्वमान्य वैज्ञानिक तथ्य है कि सब सजीव प्राणी जितना समय तरुण होने में लेते हैं वे उससे सात से चौदह गुना काल तक जीते रह सकते हैं।

वैज्ञानिकों ने प्रमाणित कर दिया है कि जीवन अनिश्चित काल तक लम्बा बनाया जा सकता है। एक रूसी प्रोफेसर ने लड़ाई में मरे एक सिपाही का हृदय निकालकर उसकी धड़कन बन्द होने के चौबीस घंटे बाद, फिर उसे धड़कने लगा दिया। एक दूसरे वैज्ञानिक ने मृत कुत्ते को उसके रक्त-संचार को कृत्रिम रीति से दुबारा जारी करके जीता कर दिया।

जिस द्रव्य से हम बने हैं वह शक्य रूपसे अमर है। एक वैज्ञानिक ने

एक चूजे के हृदय का मांस तन्तु लेकर पौष्टिक औषधों के सूप में डालकर रख दिया। यह हृदय का टुकड़ा तब तक जीता रहा जब तक जिस घोल में वह रखा था उसमें आवश्यक पौष्टिक तत्व वर्तमान रहे और रद्दी द्रव्य समय पर बाहर निकाल दिया जाता रहा।

बुखारेस्ट (रूमानिया) के प्रोफेसर अन्नाएस्लन ने अब एच 3 नामक एक ऐसा इंजेक्शन निकाला है जिसके प्रयोग से बुढ़ापा दूर होकर मनुष्य फिर से तरुण हो जाता है।

कई वैज्ञानिक कहते हैं कि आप उतने ही तरुण होते हैं जितनी कि आपकी मांसग्रन्थियां तरुण हैं। वास्तव में आप उतने ही तरुण होते हैं जितने तरुण कि आप देख पड़ते और अपने को तरुण अनुभव करते हैं, आशा करते, विश्वास करते और कार्य करते हैं। और यह बातें निर्भर करती हैं सन्तुलित भोजन, मजबूत-फुरतीले शरीर और साहसिक भाव पर।

अच्छा पौष्टिक पदार्थ किसे कहते हैं ? वह यथेष्ट रूप से पोसने वाला है। यह शरीर के प्रत्येक कोषाणु को, उसकी आवश्यकतानुसार, न केवल पूरी मात्रा में वरन् ठीक गुणवाला आहार देता है।

दूसरा वह सन्तुलित भोजन है जो शरीर के कोषाणओं को उचित अनुपात में प्राणभूत पौष्टिक तत्त्व प्रदान करता है। सब वैज्ञानिक इस बात पर एकमत हैं कि बहुत अधिक मात्रा में मेदा या चरबी जैसे पौष्टिक पदार्थ खाने से शरीर बिगड़ जाता है और बुढ़ापा शीघ्र आ जाता है।

बुढ़ापे के तथाकथित छूत के रोग—एक-एक करके नियंत्रण में आते जा रहे हैं। मधुमेह को इनसोलीन और उचित भोजन के द्वारा काबू में कर लिया गया है। हृदय-रोग, रक्त की नाड़ियों का कड़ा हो जाना, गठिया, ऊंचा रक्तचाप सब विज्ञान के आगे हार मानते जा रहे हैं। रोगों से बचने का हमारा ज्ञान और शरीर को पोषित करने का हमारा विज्ञान उन्नति कर रहा है। इससे शीघ्र ही हम उस संसार को देखेंगे जिसमें लोग तरुण देख पड़ेंगे और लम्बी आयु भोगेंगे।

इनके अतिरिक्त तरुण बने रहने और लम्बी आयु पाने के लिए दो-तीन

और बातें भी आवश्यक हैं। खिलखिलाकर हंसना एक सर्वोतम औषध है। इससे फेफड़े की गन्दी वायु बाहर निकलकर शुद्ध और ताज़ी आक्सीजन भीतर जाती है। इसलिए दिन में कम से कम पांच-छः बार अवश्य खिलखिलाकर हंसना चाहिए। जो लोग सब समय खीजते और चिढ़ते रहते हैं वे क्वचित ही लंबी आयु भोगते हैं। हंसोड़ और विनोदी स्वभाव शरीर को स्वस्थ रखने में बड़ी सहायता देता है।

दुसरी आवश्यक बात सदा किसी न किसी काम या शगल में लगा रहना है। सब काम छोड़कर बेकार बैठ जाने से आयु कम हो जाती है।

तीसरी बात सबेरे और सांझ प्रतिदिन चार मील प्रति घंटा की चाल से चार-पांच मील सैर करना है। चालीस वर्ष की आयु के बाद यह दैनिक भ्रमण मैंने बहुत ही लाभदायक पाया है। इसके अतिरिक्त छोटे बच्चों में दिलचस्पी लेने, उनसे प्यार करने और उनके साथ खेलने से मनुष्य बूढ़ा नहीं होता।

एक बात और भी स्मरणीय है। अविवाहित और रंडवे मनुष्य की अपेक्षा विवाहित मनुष्य प्रायः अधिक लम्बी आयु भोगता है।

विश्वास की अदम्य शक्ति

आज से कुछ वर्ष पहले तक चन्द्रलोक की यात्रा असंभव समझी जाती थी। कोई भी इसमें विश्वास नहीं करता था। आज हम सब विश्वास करने लगे हैं कि ऐसा हो सकता है। यद्यपि बहुत थोड़े लोग विश्वास करते हैं कि स्वयं उन्हें इस बात का ज्ञान है कि चन्द्रमा में कैसे पहुंच सकते हैं, या वे इस ज्ञान को प्राप्त कर सकते

विश्वास की शक्ति आपके लिए तभी काम करेगी जब आपका विश्वास किसी वास्तविक बात में होगा।

किसी उच्चाकांक्षा के अभाव में कई लोग जीवन में इधर से उधर

बहते रहते हैं। उनको दिवास्वप्न होते हैं। स्वयं उनके मस्तिष्क में यह निश्चित नहीं होता कि वे क्या बनना चाहते हैं या किस चीज़ को प्राप्त करना उनका लक्ष्य है। जब तक उनका लक्ष्य स्पष्ट नहीं होगा, तब तक उनकी मानसिक शक्तियों को केन्द्रित होने का आधार ही नहीं मिलेगा तथा वे विशृंखलित ही रहेंगी।

कर्म ही दिवास्वप्न या कल्पना को उद्देश्य में बदलता है। और कर्म इस विश्वास से उत्पन्न होता है कि स्वप्न बदलकर एक वास्तविक वस्तु बन सकता है। दिवास्वप्न को उद्देश्य में बदलने का रहस्य अपने चिन्तन में 'यदि कहीं' को निकालकर उसके स्थान में 'कैसे' को रख देना है। 'यदि कहीं मैं देहात में रहता' बदलकर 'मैं अपने जीवन को कैसे पुनर्गठित कर सकता हूं, जिससे मेरे लिए देहात में रहना संभव हो जाए ?' हो जाना चाहिए। 'यदि कहीं मैं संस्कृत बोल सकता' बदलकर 'मैं कैसे संस्कृत बोलना सीख सकता हूं' हो जाना चाहिए।

जीवन में आपको सबसे अधिक किस बात की चाह है ? जिस बात का दिवास्वप्न आपको सबसे अधिक बार हुआ करता है, उसे लिख लीजिए।

अब इसे एक ऐसे वाक्य में प्रकट करके जो मैं 'कैसे करूं' से आरम्भ होता हो, इसे उद्देश्य का रूप दे दीजिए।

निस्सन्देह आपके मन में तत्काल एक दर्जन ऐसे कारण उभर आएंगे जो आपके इस उद्देश्य की प्राप्ति की संभावना में सन्देह उत्पन्न कर देंगे। इन सन्देहों की उपेक्षा कर दीजिए। इसके स्थान में, अपने मन को उन साधनों की सूची तैयार करने पर लगाइए जिनकी सहायता से आप इसे प्राप्त कर सकते हैं। सुनिश्चित रचनात्मक रीति फलदायक हो सकती है। स्मरण रहे कि कपोल-कल्पना करने वाला निश्चित ही ऐसा नहीं कर सकता।

आपमें कुछ मूल्यवान सद्गुण हैं। आपका यौवन या आपकी प्रौढ़ता, आपका स्वास्थ्य, आपका उत्साह, आपके मित्र, आपकी शिक्षा, आपका संकल्प इत्यादि। प्रत्येक व्यक्ति ऐसी सूची बना सकता है, क्योंकि प्रत्येक में कुछ न कुछ मूल्यवान चीज़ अवश्य रहती है।

अपने जीवन की प्रत्येक दशा पर पुनर्विचार कीजिए और जो-जो मूल्यवान विशेष लक्षण आपको दीख पड़ें उन्हें लिख लीजिए। अपनी योग्यताओं को कुतने में या अपने अनुभव का मूल्यांकन करने में अति लज्जाशील न हुजिए। अपने उद्देश्य की सिद्धि के लिए ये आपके पास साधन हैं। इनमें एक बार आपका विश्वास हो जाने पर ये आपको पूरी तरह काम देंगे।

जो भी मनुष्य आपसे कहे, 'यह नहीं किया जा सकता' उसकी उपेक्षा कर दीजिए। ग्रामोफोन के आविष्कारक एडीसन को कई बार विफलताओं का मुंह देखना पड़ा था, तब कहीं जाकर उसे ध्वनि को भरने और दुबारा उत्पन्न करने में सफलता हुई थी। "अब मैं इसे करने की दस सहस्र रीतियां जानता हूं"कहते हैं ये शब्द उसने एक और बाधा के बाद कहे थे।

हेनरी फोर्ड के इंजीनियरों ने उससे कहा था कि आठ सिलेण्डर वाला इंजन ब्लाक विज्ञान की दृष्टि से असंभव है। इसपर उसने कहा था, "मुझे इसकी आवश्यकता है, इसकी तैयारी में लगे रहिए।" इसके कई मास पश्चात् इंजीनियरों ने फिर उसे कहा, "इसका बनाना असंभव है।" फोर्ड ने फिर कहा, "इसपर लगे रहिए, मैं इसे बनाकर छोड़ूंगा गा।"

यह क्यों नहीं बन सकता, इसके सब कारण वे जानते थे। फोर्ड ने अपने आग्रह से उन्हें इसके 'बन सकने के कारण ढूंढने पर बाध्य किया। अन्ततः उसके विश्वास ने असंभव को संभव बना दिया और मोटर इंजन के डिजाइन में एक क्रान्ति उत्पन्न कर दी।

हमारे इस युग में अन्तरिक्ष-याला पर क्रमिक अधिकार असंभव पर विश्वास की उसी विजय को दिखलाता है। एक बार जब आप विश्वास का सुनिश्चित मार्ग अपना लेंगे तो आपका उद्देश्य के लिए उत्साह ऊपर उठने लगेगा। ज्यों-ज्यों यह ऊपर उठेगा, इसकी प्राप्ति की समस्या के अधिक उत्तर आपको सझने लगेंगे। इन उत्तरों से आपका उत्साह और भी बढ़ेगा और आपका विश्वास अधिक दृढ़ होता जाएगा।

इस प्रकार इसके अपने ही गतिवेग के नीचे एक अच्छी सुनि श्चित प्रक्रिया उत्पन्न हो जाती है, जब एक बार आप उसे इच्छाशक्ति की क्रिया से

गति में ले आते हैं।

क्रमिक अध्यवसाय

अन्ततः लक्ष्य की प्राप्ति अवश्य होगी, यह विश्वास क्रमिक अध्यवसाय में दिखलाना चाहिए। एक समय में एक ही काम को सुलझाने का यत्न न करना विफलता का एक बहुत बड़ा कारण होता है। द्वार पर पेंट करने वाला मनुष्य ब्रुश को एक बार पेंट से भरकर एक समय में केवल थोड़े-से वर्ग इंच पर ही रंग-रोगन चुपड़ता है। वह जब तक एक द्वार पूरी तरह पेंट न हो जाए, इसी प्रकार लगा रहता है। एक बड़ी से बड़ी दीवार या बाड़ इसी रीति से पेंट की जा सकती है—ब्रुश को पेंट से भरकर एक के बाद दूसरी बार जितना आसानी से हो सके थोड़ा-थोड़ा पेंट करना।

किसी काम को अध्यवसायपूर्वक थोड़ा-थोड़ा, बार-बार करते रहना अंतिम परिणाम उत्पन्न करता है। जो काम आप कर रहे हैं। उसके ठीक अगले चरण के परे देखने से हो सकता है कि सारे काम को पूरा करना भयंकर प्रतीत होने लगे। प्रत्येक बात को छोटे-से, सुगमता से पूरा हो जाने वाले, कामों की माला के रूप में देखिए।

एक अमेरिकन पर्यटक ने एक कैम्ब्रिज कालेज के समृद्ध लॉनों अर्थात् घास से आच्छादित भूमिखण्डों की प्रशंसा करते हुए वहां के माली से पूछा था—

"मैं ऐसा ही एक लॉन अपने घर के आगे कैसे बनवा सकता हूं ?"

माली ने उत्तर दिया, "श्रीमन्, भूमि पर बेलन फिराइए, घास काट दीजिए, सेवार आदि निकाल दीजिए, और पानी सींचिए—और यह सब नियमित रूप से चार सौ वर्ष तक करते रहिए।" यह अध्यवसाय का पुरस्कार है।

प्रत्येक सफलतापूर्वक संपन्न किया हुआ कार्यांश अन्तिम विजय में आपके विश्वास को बल प्रदान करता है। यह आपको आपके लक्ष्य को जाने वाली सड़क पर कुछ पग आगे ले जाता और उसके अगले कार्यांश को कर

सकने के आपके विश्वास को बढ़ा देता है।

विश्वास को निरन्तर कर्म द्वारा सजीव और सक्रिय बनाए रखना चाहिए। काम के एक अंश के पूरा होते ही उससे अगला आरम्भ कर दीजिए। इस बात का निश्चय होते ही कि क्या करना है, तत्काल करने लग जाइए। अपनी उच्चाकांक्षा को सब समय गतिमान रखिए। आलस्य उत्साह को मार डालता है और इसके साथ विश्वास की मृत्यु हो जाती है।

कठिनाइयों और बाधाओं का होना आवश्यक है। कोई भी सार्थक लक्ष्य रुकावटों का सामना किए बिना प्राप्त नहीं किया जा सकता। ऐसे समयों में इस बात में विश्वास से कि अन्त में अवश्य सफलता होगी, जब तक समस्या का समाधान न मिल जाए तब तक उसके साथ हाथापाई करते रहने की प्रेरणा प्रदान करता है।

बाधाओं के रहते अध्यवसायपूर्वक प्रयत्न करते रहना तब तक संभव नहीं जब तक यह विश्वास न हो कि इसका कोई समाधान अवश्य है। समाधान अवश्य रहता है, परन्तु वह साहसी प्रयोगों और कल्पनाशील उद्योगों से मिलता है।

सैकड़ों वर्ष तक कीमियागर सीसे को सोने में बदलने के साधन ढंढ़ते रहे। वे इसे पाने में असफल रहे और ऐसा समझा जाने लगा कि यह खोज ही व्यर्थ है। इसपर भी आज आणविक पदार्थ विज्ञान के विकास ने एक मूल द्रव्य को दूसरे मूल द्रव्य में परिवर्तित करना संभव बना दिया है। इस कौशल का उपयोग अब अनेक वस्तुओं की तैयारी में किया जाता है।

सीसे को सोने में बदलना अब हास्यजनक प्रतीत नहीं होता। परन्तु ऐसा करने की लालसा अब लुप्त हो चुकी है। इसकी रीति की खोज तब छोड़ दी गई थी जब मनुष्यों का इसके संभव होने में विश्वास नहीं रहा।

जब-जब भी कोई बाधा उपस्थित हो, नूतन प्रयत्न आरम्भ कर देना चाहिए। कठिनाई का कारण ढूंढ़िए, निर्णय कीजिए कि आपसे कहां भूल हुई, देखिए यह आपको क्या शिक्षा दे सकती है : कोई विद्वान कहता है कि जैसे डूबते हुए जहाज़ में से या जलते हुए मकान में से कुछ सम्पत्ति बचा ली जाती है, उसी प्रकार यह बाधारूपी आग से बचा लेना है।

विश्वविख्यात धावक चार्ल्स बोजोन की सन् 1958 में चोट लगने से गर्दन की हड्डी टूट गई। प्लास्टर लगाकर वह अस्पताल में लेटा रहा। सब लोग समझते थे कि अब उसका दौड़ लगाना समाप्त हो गया। तीन मास उपरान्त प्लास्टर उतरने पर उसने फिर व्यायाम करना आरम्भ कर दिया और कुछ ही काल में वह फिर पूर्ववत् प्रतियोगिताओं में भाग लेने लगा। इस दुर्घटना के चार वर्ष बाद उसने एक विश्व-प्रतियोगिता में अपने सभी प्रतिद्वन्द्वियों को मात कर दिया। यह भीषण बाधा पर विश्वास की विजय थी।

प्रत्येक मनुष्य के मन में उस प्रकार के अस्तित्व का चित्र रहता है जिस प्रकार का वह अपना व्यक्तित्व चाहता है। विश्वास आपका व्यक्तित्व बना देगा, इसे आपके स्वप्नों के आदर्श के अनुकुल बना देगा। यदि आप एक बड़ा नेता बनना चाहते हैं, तो जिन विविध स्थितियों का आपको दिन-प्रतिदिन सामना करना पड़ता है, उनमें उसी प्रकार आचरण कीजिए जैसे कोई नेता करता है। यदि आप जिस विभाग में काम करते हैं, एक दिन, उसके सर्वोच्च अधिकारी बनना चाहते हैं, तो उस विभाग के सर्वोच्च अधिकारी की तरह ही सोचिए और काम कीजिए। प्रतिदिन अपने काम को उसी कार देखिए जिस प्रकार वह देखेगा और उसीके अनुसार कार्य कीजिए।

इसका कदापि यह अर्थ नहीं कि आप बड़े-बड़े निरर्थक शब्द बोलें. लोगों पर दबाव डालते फिरें, और अपने साथियों के लिए असहनीय हो जाएं। इसका अर्थ है, उस व्यक्ति के दृष्टिकोण का अनुकरण करने का सब समय यत्न किया जाए जो आप एक दिन बनने की आशा करते हैं। अपने निर्णय, अपने कामों का संकल्प इस प्रकार कीजिए जैसे आप समझते हैं वह व्यक्ति करेगा। हम जो कुछ बनना चाहते हैं वह तब तक कभी नहीं बन सकते, जब तक हम पहले अपने कर्म द्वारा यह प्रमाणित न कर दें कि हम उसके योग्य हैं। अध्ययन और अनुभव हमें वह चीज़ बनने के योग्य बनाएगा जो हम बनना चाहते हैं, और जब हम उसके योग्य हो गए तो वह हम बन जाएंगे।

सामान्यतः अपने व्यक्तित्व में वांछनीय परिवर्तन या विकास लाने के लिए पहला पग इस बात में विश्वास करना है।

सारांश यह कि अन्तिम सफलता में विश्वास आपको इस योग्य बना देगा कि आप 'यदि' को निकालकर उसका स्थान 'कैसे' को दे सकें; वह कारण मालूम कर सकें कि आप क्यों कर सकते हैं; आपको सहायता देने वाली बातें मिल सकें; एक समय में एक ही बात पर मन को एकाग्र कर सकें; अध्यवसायपूर्वक लगे रहें ; प्रत्येक बाधा के बाद नूतन प्रयत्न करें और अपना कर्तव्य-पालन पूरी तरह करें।

ये विशेष लक्षण विश्वास से उत्पन्न होते हैं। इनसे सफलता अवश्यम्भावी है।

चरित्र को सबल बनाइए

चरित्र का बल उसके लिए उतना प्रत्यक्ष रूप से प्रयत्न करने से नहीं मिलता, जितना कि बिलकुल दूसरे उद्देश्यों का पीछा करने से।

यह हमारे जीवन में अनेक एवं विविध गतिविधियों—जिस रीति से हम अपना काम करते हैं और जिस रीति से हम अपने अवकाश का उपयोग करते हैं—से सब समय बनता रहता है।

हमारे व्यक्तिगत सम्बन्ध, कष्ट या दुर्भाग्य के प्रति हमारी प्रतिक्रिया, और सफलता या लोकप्रियता के प्रति हमारा भाव, ये सब हमारे चरित्र और उसके बल को बनाने में सहायता देते हैं।

यद्यपि इस गुण की ठीक-ठीक परिभाषा करना सम्भव नहीं, तो भी कई ऐसी रीतियां बताई जा सकती हैं जिनपर चलने से इसे विकसित किया जा सकता है।

कदाचित् इसकी सर्वोत्तम परीक्षा इस बात पर विचार करने से हो सकती है कि लोगों के प्रति, परिस्थितियों के प्रति, काम के प्रति, आनन्द के प्रति, और

स्वयं जीवन के प्रति हमारा क्या भाव होना चाहिए।

ये विविध भाव हमारे चरित्र को कैसे प्रभावित कर सकते हैं, इस बात को ठीक-ठीक समझ लेना उस परिपक्वता और बल की प्राप्ति की ओर एक पर्याप्त बड़ा पग है जिसकी हम अभिलाषा करते हैं।

तब, सबसे पहले एक बहुत बड़ी सीमा तक जीवन व्यक्तिगत सम्बन्धों से बनता है। इनके साथ हमारी उचित व्यवस्था पर ही हमारा अपना सुख और समाज के जीवन में हमारी उपयोगिता निर्भर करती है।

निस्सन्देह लोग चिढ़ाने वाले हो सकते हैं। एक अध्यापक ने अपने एक व्यापारी मित्र से अर्द्ध गम्भीरता से कहा था—

"आप जानते हैं, शिक्षण एक बिलकुल अच्छा काम है—यदि शिक्षार्थी छोटे बच्चे न हों।"

व्यापारी ने उत्तर दिया, "मुझे मालूम है। यही बात व्यापार की भी है—यदि ग्राहकों के साथ व्यवहार न करना पड़े।"

जो कुछ यहां परिहासपूर्वक कहा गया था, दुर्भाग्य की बात है कि वह कुछ लोगों का प्रायः जीवन-दर्शन ही प्रतीत होता है।

टरहन नामक एक विद्वान लिखता है, "सहिष्णुता केवल एक उपकरण-मात्र नहीं, वरन् एक ऐसी छाप है जो दिखलाती है कि चरित्र असली है; ऐसा व्यक्ति है जो पक्षपात की तलछट से रहित है, ऐसा व्यक्ति है जो दूसरों को विश्वास करने और रहने की वही पूर्ण स्वतन्त्रता देता है, जो वह सचमुच अपने लिए ठीक समझता है...

"खोज करने पर आपको जो भी असहिष्णुता अपने में मिल सके उस सारी को निर्दयतापूर्वक मिटा दीजिए। अनुभव कीजिए कि प्रत्येक असहिष्णुता अनुचित है और कि जब तक एक भी रहती है यह किसी न किसी दिशा में हमारी दृष्टि को अन्धकारमय बना देगी।"

यदि हमें सुव्यवस्थित व्यक्तिगत सम्बन्धों के द्वारा अपनी चरित्र-वृद्धि के लिए भूमि को साफ रखना है, तो असहिष्णुता से अपने को मुक्त करने का यह प्रयत्न एक सफाई करने वाली प्रक्रिया है, जिसे दूसरी दिशाओं में भी फैलाना आवश्यक है।

ईर्ष्या, द्वेष, सन्देह, आत्मदया, गौरव-त्याग, घमंड, आत्महीनता इत्यादि सभी नीच एवं तुच्छ लक्षणों से मुक्त होना परम आवश्यक है। ये न केवल स्वयं सामाजिक सम्बन्ध को ही बरन् व्यक्तित्व को भी विषाक्त कर देते हैं।

कोई ऐसी सुगम रीति, कोई ऐसा सुसाध्य सूत्र नहीं जो इसके लिए बनाया जा सके। कदाचित् सबसे अधिक सहायक चीज़ जो बताई जा सकती है वह यह है कि हमें इन अवांछनीय लक्षणों से छुटकारा पाने के ऋणात्मक कार्य का चिन्तन न करके, सारा ध्यान इनके विपरीत लक्षण के धनात्मक कार्य पर मन को एकाग्र करना चाहिए।

कोई महात्मा अपने भक्तों में शिष्टाचार का प्रचार करना चाहता था। परन्तु इसके लिए उसने उनसे नहीं कहा, "घृणा, ईर्ष्या और मलिनता को छोड़ दो।" इसके विपरीत उसने सुनिश्चित, धनात्मक बात कही, "जो कुछ भी बातें सच्ची हैं, जो कुछ भी बातें अकुटिलता की हैं, जो कुछ भी बातें न्याय-परायण हैं, जो कुछ भी शुद्ध हैं, जो कुछ भी मनोहर हैं, जिन भी बातों को लोग अच्छा कहते हैं... उन्हींका चिन्तन करो।"

व्यक्तिगत सम्बन्धों में, हमें असहिष्णुता, अधीरता, समझ की कमी इत्यादि अवगुणों का प्रत्येक निशान दृढ़ संकल्प के साथ दूर करके, उनके स्थान पर उनके विपरीत सद्गुण ले आने चाहिए।

लोग कभी-कभी बहुत दुर्दमनीय प्रतीत हुआ करते हैं। इसलिए वे हमारे अपने चरित्र के लिए एक सर्वोत्तम परीक्षण-भूमि प्रस्तुत किया करते हैं।

दूसरी बात, चरित्र-बल हमारे जीवन की परिस्थितियों से एक विशेष विरक्ति की मांग करता है, अर्थात हमें अतियों से बचना चाहिए। जहां एक ओर सफलता और समृद्धि हमें अनुचित रूप से बहुत उल्लसित न कर दें, वहां दूसरी ओर विफलता और निराशा भी हमें बहुत अधिक उदास और हतोत्साह न कर सकें।

कई लोग ऐसे हैं जो कठोरता सहन कर सकते हैं, परन्तु अकल्पित समृद्धि द्वारा अपना विनाश होने देते हैं। फिर कई दूसरे ऐसे हैं जो तब तक

सशक्त और सन्तुलित बने रहते हैं जब तक उनकी आर्थिक अवस्था अच्छी रहती है, परन्तु विपत्ति आने पर वे चूरचूर हो जाते हैं।

सन्तुलन और स्थिरता का भाव, जो अति स्थिर रूप से, जीवन में आने वाले दुःखों और सुखों का सामना कर सकता है, एक ऐसी चीज़ है जिसे हमें अपने में उत्पन्न करने का यत्न करना चाहिए।

किसीने ठीक ही कहा है—

> स्तुति निन्दा समकर जाने
> और मान अपमाना।
> हर्ष-शोक से रहे अतीता,
> तिन जग-तत्व पहचाना।

सुख-दुःख को समान रूप से सहन करने का भाव कुछ लोग तो काम छोड़कर शरीर को विश्राम देने से प्राप्त करते हैं और कुछ भगवान में गहरी श्रद्धा-विश्वास बढ़ाकर, जिसे वे कर्ता, धर्ता और हर्ता भी मानते हैं।

इस प्रकार एक या दूसरी रीति से मानव-जीवन में आने वाले संयोग और परिवर्तन को सहन करना सम्भव हो जाता है। इससे हममें चरित्र का वह बल उत्पन्न हो जाता है जो न केवल हमारे अपने जीवन को ही स्थिरता प्रदान करता है वरन् जिसमें दूसरों को भी यही स्थिरता आगे देने की शक्ति भी रहती है।

हमारे दैनन्दिन कार्य के प्रति हमारा भाव, और जिस रीति से हम उसे करते हैं; हमारे चरित्र को बनाने में बड़ा भारी काम करते हैं।

पहली बात यह कि हमें अपने काम को एक मूल्यवान व्यक्तिगत अनुशासन के रूप में देखने का प्रयोजन है। इसके लिए क्योंकि उद्योग, एकाग्रता, उद्देश्यपूर्णता, सत्यनिष्ठा और विचक्षणता की आवश्यकता रहती है, इसलिए चरित्र-निर्माण के लिए यह कच्चे माल का काम देता है।

यदि हमारा धन्धा हमारी अपनी पसन्द का है, तो अधिक सम्भावना यह है कि यह हमें व्यक्तिगत योग्यता और प्रतिभा के विकास और निजी व्यक्तित्व को प्रकट करने का अवसर देगा।

यदि धन्धा हमारे स्वभाव के अनुरूप न भी हो, तो यह साधारणतः किसी बड़े साहस के उद्योग के भाग के रूप में, समाज के जीवन के लिए एक अवदान के रूप में देखा जा सकता है। उसे उस प्रकार देखना हमारे अपने लिए उसके अभिप्राय का विस्तार करना है। इसका परिणाम यह होता है कि हमारे अपने व्यक्तित्व पर उसका प्रभाव पड़ता है। गर्व, योग्यता, सामर्थ्य और आत्मसम्मान के साथ किया हुआ काम चरित्र-निर्माण में एक अमूल्य महत्त्व का साधन है।

यह ठीक है कि आनन्द और सन्तुष्टि को जीवन की कसौटी नहीं समझना चाहिए, और बहुत अधिक आत्म-रंजन प्रायः चरित्र को दुर्बल बनाने वाला समझा जाता है, इसपर भी यह भी कुछ काम देता है।

अवकाश का उपयोग विश्राम और फिर से कोई नया कार्य आरम्भ करने के लिए उसपर बुद्धिमत्तापूर्वक विचारने में होना चाहिए। हमें जीवन को, विशेषतः अपने-आपको, बहुत गम्भीरतापूर्वक ग्रहण करना चाहिए। निस्सन्देह एक अर्थ में जीवन एक गम्भीर धन्धा है, और यह तत्पर विचार और कर्म चाहता है। परन्तु आराम भी आवश्यक है।

अन्ततः हमारे चरित्र और इसके बल का निर्णय अधिकतर हमारे जीवन-दर्शन—जीवन में हमारे स्थान, हमारे लिए इसके उद्देश्य और अर्थ, नैतिक महत्ता, और आध्यात्मिक बास्तविकता में हमारी श्रद्धा—द्वारा होता है।

जितनी भी शक्ति हम इकट्ठी कर सकते हैं यदि हम उसके साथ अपने आदर्शों के पीछे चलें, तो अनिवार्य रूप से हमारा चरित्र सबल हो जाएगा।

दूसरों को भी जांचिए

लोगों के साथ अपने सम्बन्धों को चलाने के लिए हमें कुछ निर्णय करने आवश्यक होते हैं। हमें अपने मित्र चुनने पड़ते हैं, इस बात का निश्चय करना

होता है कि कौन विश्वासपात्र है, या काम सिपुर्द करते समय योग्यताओं का विचार करना होता है।

ऐसे सब निर्णय सीमित क्रियात्मक उद्देश्यों के लिए होते हैं। किसी व्यक्ति में जिन गुणों की हम तलाश कर रहे हैं, वे प्रत्येक स्थिति में आवश्यक रूप से वही नहीं होते। हम प्रत्येक उदाहरण में इन जांचों को नैतिक गुण-दोषों तक सीमित कर देते हैं।

'निर्णय' शब्द के दो बिलकुल भिन्न अर्थ हैं।

इसका अर्थ पंचों का फैसला देना भी हो सकता है। यह मनुष्य अच्छा है, वह बुरा है; ये नैतिक निर्णय हैं, जिनसे हमें परहेज़ करना चाहिए। इसका अर्थ सूक्ष्मभेद करना या अलग दिखाना अर्थात् किसी व्यक्ति के नैतिक निजी व्यक्तित्व-गुण-दोष पहचानना, यह उस प्रकार का कार्यतः उपयोगी निर्णय है जो हमें लगभग प्रतिदिन करना पड़ता है।

इस प्रकार, उदाहरणार्थ, हम अपने ग्वाले में शिष्टता, समयनिष्ठा और ईमानदारी ढूंढ़ते हैं, क्योंकि इससे हमें क्रियात्मक लाभ है और हम चाहते हैं कि ये गुण उसमें हों। हम उसके अपनी पत्नी के साथ व्यवहार के ढंग पर कोई नैतिक निर्णय नहीं देते; चाहे वह कितना ही खेदजनक क्यों न हो।

इस सूक्ष्मभेद करने वाले अर्थ में, निर्दोष निर्णय के लिए आत्मविश्वास और अनासक्ति का प्रयोजन रहता है। जब तक आप यह जानने के लिए उत्सुक हैं कि लोग आपके बारे में क्या सोचते हैं, तब तक आप दूसरों को ठीक तोल नहीं सकते। मेरा क्या प्रभाव पड़ता है, इसकी उपेक्षा आवश्यक है। अच्छा निर्णय यह चाहता है कि हम अपने-आपको भूल जाएं और जिस व्यक्ति को हम कूतना चाहते हैं, उसीके अध्ययन पर सारा ध्यान लगा दें।

जिन गुणों को आंकना है वे अवस्थाओं के अनुसार विभिन्न होंगे। परन्तु व्यक्तित्व के कुछ सामान्य रूप सदा संगत रहते हैं। उदाहरणार्थ, ईमानदारी किसी भी परिचित व्यक्ति में एक वांछनीय नैतिक सद्गुण है। बहुत-से लोग प्रत्यक्ष रीतियों से तो ईमानदार हैं, जैसे कि रुपये-पैसे के मामले में, परन्तु

विचार में बेईमानी बहुत सामान्य है।

बहुत-से लोग, अनुभव न करते हुए भी, किसी न किसी दिशा में दम्भी होते हैं। लोगों की सम्मतियों में असंगतियों पर, उन नैतिक उपदेशों पर जिनपर वे अपना विश्वास प्रकट करते हैं और जो संयोगवश उनके लिए सुखदायक हैं, और किसी उच्च सिद्धान्त के उन अपवादों पर ध्यान दीजिए जिनको वे होने देते हैं, अब उनका अपना कोई काम होता है।

ध्यान देने योग्य दूसरे लक्षण हैं अध्यवसाय, सूत्रपात, उत्साह, मात्मसंयम, सोचने और बात करने की कल्पनात्मक रीतियां।

जो नैतिक विशेष गुण-दोष द्योतित करते हैं कि किन लोगों से दूर रहना चाहिए या उनसे सावधान रहकर व्यवहार करना चाहिए के हैं अभावात्मकता और स्नायु-व्यतिक्रम के कारण आत्म-समर्थन।

अभावात्मकता अपने को बोलने की विनाशक रीतियों में प्रकट करती है। ऐसे लोग सदा यही जानते हैं कि कल्पनाएं क्यों सफल नहीं होगी, काम असफल क्यों होते हैं, कौन-सी बात की नहीं जा सकती।

स्नायु-व्यतिक्रम से होने वाला आत्म-समर्थन बहानों के रूप में देखा जाता है। अस्वस्थता, शिक्षा की कमी, सुयोगों का अभाव, रुपयों की कमी आदि कारण ये लोग अपने असफल रहने के दिया करते हैं।

व्यक्तित्व के इन गुण-दोषों को मालूम करने की अपर्याप्त रीतियां झूठे निर्णयों पर ले जाती हैं। व्यक्तित्व के संबंध में अनेक ऐसे सामान्य विश्वास हैं जिनका वास्तव में कोई आधार नहीं। ऐसे उदाहरण सैकड़ों मिलते हैं। जैसे कि सुन्दर स्त्री प्रचण्ड प्रकृति होती है; पीछे को हटी ठोड़ी निर्बल इच्छाशक्ति को दिखलाती है; पुरुष के सुन्दर बाल बेईमानी का लक्षण हैं; हुक्का पीना मन की शांति और विश्वसनीयता का द्योतक है।

लोगों को एक ही रस्से में इकट्ठा बांधने के स्थूल नियम खेदजनक हैं। प्रायः ऐसी लगभग सभी प्रचलित कल्पनाएं झूठ होती हैं। ये मनुष्य की प्रकृति का एक पथभ्रष्ट करने वाला चित्र प्रस्तुत करती हैं।

सामान्यतः प्रचलित इन हेत्वाभासों के अतिरिक्त हममें से सब कोई अपने लिए वैसे ही निकम्मे दूसरे हेत्वाभास उत्पन्न कर लेता है। उदाहरणार्थ,

दाढ़ी को कई लोग मनुष्य के पक्ष में जाने वाली बात समझते हैं और कई इसे उसके विरुद्ध। कई तो दाढी को मनुष्य के सयाना होने का चिह्न मानते हैं और कई इसे धोखे की टट्टी। किसी क्षेत्र या किसी जिले के लोगों के स्तर का उतारचढ़ाव पक्षपात के दूसरे कारण बन जाया करते हैं।

किसी व्यक्ति को जांचने की ठीक रीति उसके वचन और कर्म को सावधानी के साथ देखना है। इसमें पूर्व संस्कार और पक्षपात आपको असमर्थनीय परिणामों पर न ले जाने पाएं—ऐसी प्रवृतियों को दबाने के लिए जान-बूझकर ऐसे लोगों से मेल-जोल कीजिए जो ऐसे लक्षण प्रकट करते हैं जो आपको पसन्द नहीं। जहां तक हो सके, विभिन्न प्रकार के लोगों के साथ समय बिताइए।

लोगों में छोटे-छोटे दोषों को सहन करना सीखिए। संसार में कोई भी मनुष्य पूर्ण नहीं। बड़े दोष ही किसी गिनती में आते हैं। कहते हैं, महान साहित्यकार शेक्सपियर हिज्जों की भारी भूलें करता था, परन्तु यह छोटा-सा दोष उसकी महान रचनात्मक प्रतिभा के सामने तुच्छ है।

इसी प्रकार हमारे मित्रों में ईमानदारी और अनुराग कपड़ों के साफ-सुथरा न होने से अधिक महत्त्व की बात है। लोगों को जांचने की दक्षता निम्नलिखित आठ क्रियात्मक नियमों का पालन करने से प्राप्त की जा सकती है।

आप कम बोलिए, अधिकतर दूसरे को बोलने दीजिए—वार्तालाप को वह जहां ले जाना चाहता है उसे ले जाने दीजिए। प्रश्नों की रस्सी से उसे सीमाबद्ध न कर दीजिए।

हो सके तो कोई सांझे की दिलचस्पियां ढूंढिए परन्तु सांझे के किसी प्रिय विषय के संबंध में आपका उत्साह आपके निर्णय को उचित से अधिक प्रभावित न करने पाए। बड़ी सावधानी के साथ ध्यान दीजिए कि वह किस प्रकार के विषय पर बातचीत करना पसन्द करता है। संसार के प्रति और जनता के प्रति उसके भावों का पता सबसे अच्छी तरह इसीसे लग सकता है।

प्रत्येक प्रसंग पर उसकी पहुंच को सारा ध्यान देकर देखते रहिए। क्या

यह मौलिक रूप से धनात्मक है या ऋणात्मक ? क्या वह कल्पनाएं, सुझाव, उपयोगी तथ्य प्रस्तुत करता है, या केवल ऐसी युक्तियों की भरमार लगाता है कि यह बात क्यों काम नहीं देगी, यह बात यत्न करके देखने योग्य नहीं, और इसी प्रकार की और बातें ?

जो कुछ कहा जाता है उसे सचमुच ध्यान से सुनिए—भाषण की रीति का अध्ययन कीजिए। उदाहरणार्थ, ध्यान से देखिए कि जो कुछ वह कहता है वह मुख्यतः एक सचाई है, शेखी है, क्षमा-प्रार्थना, आत्म-करुणा है, या केवल, जोश और व्यंग्य है।

समय नष्ट करने वाले व्यक्ति बहुधा आत्म-करुणा से पूर्ण होते हैं। शेखी-भरे ढंग से बातें करना प्रायः कार्य सिद्धि की अतिशयोक्ति का परिचायक होता है। लज्जालु लोग बहुत अधिक शान्त भाव से बोलते हैं। जैसे उनमें प्राण ही नहीं।

उचित रीति से ध्यानपूर्वक सुनना दूसरों को बातें करते रहने के लिए उत्साहित करता है। इससे आप तुरन्त समझ लेते हैं कि आपका मंतव्य पूरी तरह समझ लिया गया है। बीच में रोकने से ध्यानपूर्वक सुनना कठिन हो जाता है। सर्वोत्तम निर्णयों के लिए आपको अकेले उस व्यक्ति के साथ बैठक की आवश्यकता है, जिसमें बाहर से कोई बड़बड़ाहट न हो।

उसके जीवन में बड़ी बातों को मालूम करने का यत्न कीजिए—वार्तालाप को उसके गुणों की ओर ले जाइए जिनका उसे वस्तुतः गर्व है। इससे आपको पता लग जाएगा कि वह जीवन में किसचीज़ को महत्त्वपूर्ण समझता है।

क्या वह एक या दो उपयोगी योनजाओं में दृढ़तापूर्वक लगा रहा है, या उचित रूप से कुछ भी न करके, एक को छोड़कर झट दूसरी को पकड़ता रहा है ?

उसके मित्र किस प्रकार के हैं ? वह किस प्रकार के लोगों से मिलना पसन्द करता है ? वह दूसरों के साथ सांझे में कौन सहकारी काम कर रहा है ?

ऐसे पुरुष और स्त्री से बचकर रहना चाहिए जिसने कार्य, अवकाश, या

पारिवारिक कामों में कोई एक सिद्धि प्राप्त नहीं की। ये लोग अनिश्चित, इधर-उधर फिसलने वाले, और किसी काम को आगे बढ़ाने में असमर्थ होते हैं। वे अपना और आपका समय एवं क्षमता व्यर्थ नष्ट करते हैं।

जिन प्रसंगों से वह बचता है उनको पहचानने का यत्न कीजिए—कोई न कोई ऐसी चीज़ होती है जिसके विषय में प्रत्येक व्यक्ति बातें न करना अधिक पसंद करता है। किसी व्यक्ति को भली भांति जानने के लिए उन प्रसंगों को ठीक-ठीक जानना आपके लिए आवश्यक है, जिनसे वह बचता है, अथवा जिनसे उसे दुःख होता है।

जब कोई व्यक्ति सीधे उत्तर से बचता हुआ आपके प्रश्नो को टालने की कोशिश करता है, तब आप इन प्रकरणों को भांप सकते हैं। स्वाभाविक अवस्थाओं में ऐसी बातों के पीछे लगना अशिष्टता होती है। इसलिए आपको छोटे-छोटे लक्षणों से शीघ्रतापूर्वक परिणाम निकाल लेने चाहिए।

अंतर्मुखी व्यक्ति इतने अधिक आत्मज्ञान-विशिष्ट होते हैं कि वे अपने विषय में या अपने व्यक्तिगत कामों के बारे में विचार नहीं कर सकते; कल्पनाओं के साथ या अपने इर्द-गिर्द के व्यक्तित्वशून्य जगत् के साथ ही प्रसन्न रहते हैं। बहिर्मु खी लोग बौद्धिक प्रसंगों से परे रहते हैं। वे अपने बारे में, अपने काम के बारे में, अपने प्रिय विषयों, अपनी उमंगों के बारे में खूब खुलकर बातें करते हैं।

ध्यान देकर देखिए कि वह व्यवहार कैसा करता है—कुछ लोग अपनी गतिविधियों में मंद और अनिश्चित होते हैं, जब कि दूसरे चपल एवं निश्चित। कुछ लोग अकुशल और कई दुसरे कुशल। शारीरिक काम उस मन का प्रतिबिम्ब होते हैं जो उनका निर्देश करता है।

इस प्रकार अस्वच्छ और असावधानी से पहने वस्त्र बहुधा अस्वच्छ एवं असावधान मन के सूचक होते हैं। कठोर, नियमनिष्ठ, पाण्डित्य-अभिमानी दृष्टिकोण बहुत अधिक साफ-सुथरे और बने—ठने वस्त्रों से टपक सकता है। हाथों और केशों की दशा भी उसी प्रकार के उपयोगी लक्षण हैं।

परन्तु इन बातों को देखते समय पक्षपात से बचना चाहिए। किसी मनुष्य की टाई का साफ-सुथरी या फटी हुई होना महत्त्वपूर्ण बात हो सकती है, परन्तु उसका रंग अधिकतर अपनी रुचि की बात है।

बहुत शीघ्र अपना मत न बना लीजिए—बहुत-से लोगों में जटिलता और बहुधा परस्पर विरोधी-स्वभाव होते हैं। उनका अध्ययन करने में लंबे समय की आवश्यकता है, तभी वह संपूर्ण और अकाट्य होगा। शीघ्रतापूर्वक किया हुआ कोई निर्णय पूर्णतः भ्रामक हो सकता है।

एक पाषाण-हृदय, छिछला व्यक्ति थोड़े-से परिचय पर बहुधा अधिक ठोस और विश्वासयोग्य व्यक्ति की अपेक्षा अधिक अच्छा असर डालता है। बाहर का दिखलावा भीतर के खोखलेपन को ढांप देता है।

अपने पहले निर्णय को बदलने के लिए सदा तैयार रहिए—चाहे आपने किसी व्यक्ति के बारे में निर्णय करने में कितना ही अधिक समय क्यों न लगाया हो, फिर भी वह निर्णय अशुद्ध हो सकता है। आपकी पहली परीक्षात्मक जांच और भी आगे के विचार एवं अनुभव के अधीन रहनी चाहिए।

अपने निर्णय के लिए जितना अधिक समय आप लेंगे, जितना अधिक आप इसकी अयथेष्टता स्वीकार करेंगे, आपका अन्तिम निर्णय उतना ही अधिक अच्छा होगा।

इस साधन द्वारा आप लोगों को जांचने का कौशल अधिक द्रुतगति से विकसित कर लेंगे, क्योंकि आपको पता लग जाएगा कि किन भूलों से बचना चाहिए।

प्रचुर अभ्यास कीजिए—लोगों को जांचना वैसा ही है जैसा कि किसी दूसरी चीज़ को जांचना। यह अभ्यास द्वारा सीखा जाता है।

गुलाब के फूल का पारखी अपने ज्ञान का प्रयोग सहस्रों अलग-अलग फूलों पर करके निपुण बन जाता है। मदिरा का सूक्ष्म निरूपक सब प्रकार की मदिरा के स्वाद से ही अपने स्वाद ज्ञान को बढ़ा लेता है। जिस मनुष्य को घोड़ों का ज्ञान है, उसने बहुत-सा समय घोड़ों में बिताया होता है।

लोगों को अच्छा जांचने वाला होने के लिए भी यही सचाई लागू होती है। नियमों को जानना ही पर्याप्त नहीं, बल्कि निरन्तर अभ्यास भी आवश्यक है।

हम प्रतिदिन लोगों से मिलते हैं। उनमें से प्रत्येक दूसरों से लुभावने रूप से भिन्न होता है। इसलिए उनको भली भांति जांचना सीखना एक पुरस्कार और सन्तोषप्रद व्यवसाय बन सकता है।

अधीनस्थों से कैसे काम लें

लोगों के साथ सफलतापूर्वक व्यवहार करने की रीतियां सभी स्थितियों में एक ही हैं। परन्तु स्थान और व्यक्ति के अनुसार स्वभावतः ही उनका प्रयोग विभिन्न प्रकार से करना होता है।

काम में अपने सहयोगियों के प्रति हमारा व्यवहार अपने परिवार के सदस्यों के प्रति किए जाने वाले व्यवहार से भिन्न होता है। अपने घनिष्ठ मित्रों के प्रति हमारा जैसा व्यवहार होता है, क्लब या सभा के दूसरे सदस्यों के प्रति भी बिलकुल वैसा ही नहीं होता।

अपने धन्धों में अपने अधीनस्थ कर्मचारियों के प्रति हमारा व्यवहार साधारणतः उससे भिन्न होता है जो हम अपने उच्चाधिकारियों के प्रति दिखलाते हैं। आदेश लेने और उनपर आचरण करने के लिए जिस मानसिक भाव का प्रयोजन है वह वही नहीं होता जो आदेश देने और उसका पालन कराने के लिए होता है।

हमारे पड़ोसियों के साथ संबंध दूकानदारों, बस-कण्डक्टरों आदि के साथ हमारे संबंध से विभिन्न होते हैं।

औसत मनुष्य के जीवन की पूर्ण जटिलता को बनाने वाले सभी अनेक भेदों के रहते भी, दूसरों के साथ सभी सफल व्यवहारों में वही मूलभूत नमूना

या विचार काम करता है।

उस नमूने का दृष्टान्त सूर्य और वायु की कहानी में मिलता है। उन दोनों ने शर्त लगाई कि देखें हममें से कौन मनुष्य का कोट सबसे अच्छा उतरवा सकता है। वायु बड़ी प्रचण्डता से चलने लगी। परन्तु जितना अधिक तेज़ वह चलती वह मनुष्य अपने कोट को उतना ही अधिक अपने शरीर की ओर खींचता। वायु का शीत और प्रचण्डता पूरा बल लगाने पर भी उस मनुष्य से कोट न उतरवा सकी।

तब सूर्य ने यत्न किया। वह मृदुल भाव से चमका। उसने कोई हलचल नहीं मचाई। वह मुस्कराता रहा। तब कुछ ही क्षण में उस मनुष्य ने स्वेच्छा से कोट उतार दिया और कहा, "अहा ! कैसा सुहावना दिन है।"

यदि आप सूर्य की उत्साहपूर्ण प्रवृत्तिजनकता का अनुकरण कर सकते हैं और वायु के रूखे बल-प्रयोग से मिलते-जुलते कामों से परे रह सकते हैं, तो आप लोगों से भली भांति काम ले सकते हैं।

जो व्यक्ति लोगों को सचमुच जानता है वह सदा ऐसी रीति से काम करके, उनका प्रसन्नतापूर्वक दिया हुआ सहयोग प्राप्त करता है, जो कहता है, "आप महत्त्वपूर्ण हैं। मैं आपकी सम्मति और इच्छा का सम्मान करता हूं।"

जो व्यक्ति लोगों को नहीं समझता, जो उनका समर्थन और स्नेह प्राप्त नहीं कर पाता, चाहे वह कितना ही रुचिकर और युक्तियुक्त होने का यत्न क्यों न करे, वह इस सिद्धान्त पर काम कर रहा है, "मैं महत्त्वपूर्ण हूं। आपको मेरी सम्मति और इच्छा का सम्मान करना चाहिए।"

अन्तर सूक्ष्म है। हममें से प्रत्येक अपने मूलभूत भाव से साधारणतः अनभिज्ञ होता है। इसपर भी हम जो कुछ करते और कहते हैं उसमें यह चमका करता है। जिन लोगों का हमारे साथ संसर्ग है, उन सबको यह दिखाई देता है।

जिस व्यक्ति में लोगों से काम लेने का कौशल नहीं, वह सदा यह संस्कार डालता है कि वह सदा अपने कामों को ही प्रमुखता देता है।

लोगों से सफलतापूर्वक काम लेना एक बड़े अंश में विचार और

समझ की बात है। आपको किसी व्यक्ति को संक्षेप में समझ लेने, उसको लालसाओं और हेतुओं को कतने, संसार को देखने की उसकी रीति को जानने का प्रयोजन है।

किसीको इस रीति से आकार के अनुरूप बनाना उससे कम कठिन है, जितना कई लोग कल्पना करते हैं। यह बात लोगों में अनुराग रखने और अभ्यास पर प्रायः पूर्ण रूप से निर्भर करती है।

किसी व्यक्ति को संक्षेप में समझ लेने के लिए हमें पहले अपने को पक्षपात से मुक्त करने की आवश्यकता है। उदाहरणार्थ, कुछ लोग दाढ़ी को पसन्द करते हैं और कुछ नापसन्द। जब किसी दाढ़ी वाले मनुष्य से मिले तो दाढ़ी के सम्बन्ध में अपनी व्यक्तिगत पसंद के अनुसार उसके भला-बुरा होने का निर्णय करना एक बड़ी भूल है।

बोलने की रीति, स्वर का उतार-चढ़ाव, कितना पढ़ा है, बालों का रंग, परिधान का निरालापन मनुष्य के जीवन के दूसरे ऐसे सामान्य लक्षण हैं जिनका उपयोग उसे जांचने के लिए एक आधार के रूप में किया जाता है। परन्तु वास्तव में इससे व्यक्ति के वास्तविक स्वभाव का बहुत कम पता चल सकता है।

किसी व्यक्ति को उचित रूप से जानने के लिए, जिससे आप उससे भली भांति काम ले सकें, आपके लिए उन विशेष लक्षणों को देखना आवश्यक है, जो उसके सच्चे स्वभाव को प्रकट करते हैं। उसे खूब बोलने दीजिए और ध्यानपूर्वक सुनते रहिए। उसके मनोभावों, उसकी उच्चाकांक्षाओं, उसके पूर्व संस्कारों को, उसकी पसन्द और नामभेद को, उसकी शक्ति और दुर्बलता को, उसके अनुरागों इत्यादि को, जैसा कि वे उसकी बातों में प्रकट हों, ध्यानपूर्वक देखिए।

यदि आप सचमुच ध्यान से सुनेंगे और जो कुछ आप सुनें, उसे समझने के लिए अपनी समझ से काम लेंगे, तो किसी व्यक्ति के साथ थोड़ी-सी बातचीत भी आपको उसके सम्बन्ध में बहुत कुछ बता सकती है। स्वभावतः इसके लिए आपको अभ्यास की आवश्यकता है।

उसके भाषण के उपरान्त, उसके स्वभाव, उसके खड़े होने के ढंग, उसके

अंग-विशेष, दूसरे के प्रति उसके आदर-भाव, उसकी विशेष रीति-रस्म की पाबन्दी पर ध्यान दीजिए।

उससे काम लेने का आपका कौसल आपके मन में उस व्यक्ति का जो चित्र है उसकी दुरुस्ती और पूर्णता को प्रतिबिम्बित करेगा। आप ऐसी रीति से काम कर सकेंगे जो उसके दृष्टिकोण और लालसाओं के अनुसार है। इससे आप जैसा चाहते हैं वैसा करना उसके लिए आसान हो जाएगा।

लोगों से भली प्रकार काम लेना अंशतः व्यवहारकुशल होने का प्रश्न है। जो रीति सुझाई गई है उससे उनको संक्षेप में समझ लेने से आप. उदाहरणार्थ, अनुभव कर सकेंगे कि कब कोई व्यक्ति थका हुआ या चिढ़ा हुआ है, और उसे अकेला छोड़ देना चाहिए। आपमें इतनी बुद्धि होगी कि जब वह व्यस्त है, या उसका मन किसी दूसरी समस्या में उलझ रहा है, तब आप उसे तंग नहीं करेंगे।

दूसरों की भूलों और व्यवहार पर कुछ ध्यान न दीजिए। उनकी अशिष्टता से घबरा न जाइए। यदि जान-बूझकर ऐसा किया गया है तो उसके लिए झगड़ा करना व्यर्थ है, और यदि यह अचानक है तो यह क्षम्य है।

लोगों को संभालने के लिए दूसरों की भावनाओं के लिहाज़ की जरूरत होती है। लोगों के लिए आपमें इतनी पसन्द या दिलचस्पी होने की आवश्यकता है कि जिससे आप उनका लिहाज़ करें और उनकी सफलता में उनकी सहायता करना चाहें। यदि आप किसी व्यक्ति को यह विश्वास करा दें कि आप उसके सच्चे हितचिन्तक हैं, ता आप उस व्यक्ति के साथ जो कुछ चाहें कर सकते हैं। आपको उस पर एक रहस्यमय अधिकार प्राप्त हो जाता है।

दुर्भाग्य से, यह सच्चाई बहुत-से बेईमान और विचार-शून्य लोगों को मालूम है। वे इसका उपयोग विश्वासघातक और संदिग्ध विक्रेता बनने के लिए करते हैं। परन्तु इसके साथ ही यह उन अनेक लोगों की शक्ति का भी आधार है जिसका दूसरे लोगों के मन पर अधिकार पूर्णतः दूसरे लोगों के हित और लाभ के लिए ही रहता है।

जिस ढंग से आप बोलते हैं, आपकी वाणी के स्वर या लहजे का दूसरे लोगों से आपको प्राप्त होने वाले सहयोग की मात्रा के साथ बड़ा सम्बन्ध रहता है। सदा सौजन्य और मित्रोचितभाव से बोलिए। लज्जालुपन से वहुधा मनुष्य आकस्मिक रूप से बोलने लगता है। इससे उससे रूखापन टपकने लगता है। यह बात दूसरों को भली नहीं लगती।

मुस्कराती वाणी

मुस्कराइए और धीरे बोलिए। आपकी मुस्कान का आपकी वाणी के स्वर पर बहुत प्रभाव पड़ता है। आप मुस्कराते हुए रूखे एवं कर्कश स्वर में नहीं बोल सकते।

फलदायक रूप से लोगों को संभालने के लिए आवश्यकता इस बात की है कि आप उनकी स्वीकृति के द्वारा उनका सहयोग प्राप्त करें। आप अपने बोलने से उनको आकर्षित कर सकते हैं या अपने से परे हटा सकते हैं।

किस प्रकार के विषयों पर बातचीत करनी चाहिए ? अपनी बोलचाल किस प्रकार नियंत्रित किया जाए जिससे आप जैसे चाहते हैं लोग वैसे ही प्रभावित हो जाएं ?

सबसे पहली बात यह कि लोग निष्कपट बड़ाई सुनना पसन्द करते हैं। इसका अर्थ यह नहीं कि आप थोथी चापलूसी करें। कोई भी व्यक्ति अनुचित अथवा कपटपूर्ण प्रशंसा को पहचान लेता है।

जब आप किसी ऐसे व्यक्ति से बातें कर रहे हों जिससे आप अच्छी तरह काम लेना चाहते हैं, उसकी प्रशंसा करने के लिए कोई बात सोचिए। कोई ऐसा काम सोचिए जो उसने किया हो और जिसकी आप निष्कपट भाव से प्रशंसा कर सकें। उसकी स्तुति में कोई ऐसी बात कहिए जिसका वह सचमुच पात्र है। इससे वह प्रफुल्लित हो उठेगा और आपको अपनी और कई प्रशंसनीय बातें बताएगा।

जो व्यक्ति लोगों के प्रति सम्मान दिखलाता और उनके सद्गुणों की चर्चा करता है वह उनसे काम ले सकता है। वह व्यक्ति उनसे काम नहीं ले सकता

जो सदा उनका छिद्रान्वेषण किया करता है, जो उनकी अच्छी बातों की उपेक्षा करके सदा उनकी भूलें और दोष ही दिखाया करता है।

दूसरों का अनुमोदन प्राप्त करने की कम चिन्ता कीजिए। इसके स्थान में ऐसे ढंग से काम कीजिए जिससे पता लगे कि आप उनको पसन्द करते हैं। ऐसा कीजिए जिससे वे देखें कि आप उनको बहुत अच्छा समझते हैं। एक अच्छा उदाहरण उपस्थित कीजिए। लोग दूसरों की अच्छी सम्मति को प्रेम से अपने मन में रखा करते हैं।

लोग बड़े अनुकारी होते हैं। वे बिना जाने उन लोगों के उदाहरण का अनुकरण करते हैं जिनकी प्रशंसा करते हैं या जो उच्च पदों पर है। बच्चे, उनको औपचारिक रूप से दिए हुए उपदेश से, उतना नहीं सीखते जितना कि अपने माता-पिता के उदाहरण से।

उदाहरणार्थ, बच्चा 'धन्यवाद' कहना इसलिए सीखता है, क्योंकि वह अपने माता-पिता को कहते सुनता है।

नौकर लोग अपने मालिकों के उदाहरण का अनुकरण करते हैं। यदि फैक्टरी या कार्यालय की अच्छी मरम्मत होती रहती है, या अध्यक्ष अपने डेक्स को साफ-सुथरा रखता है और संसार के सामने अच्छे रूप में प्रकट होने में गर्व करता है, तो उसके अधीनस्थ कर्मचारी भी वैसा ही करेंगे। जो व्यक्ति दूसरों के प्रति विवेक, दया, शिष्टता, सौम्यता का बर्ताव करता है वह देखता है कि दूसरे भी उसके साथ वैसा ही बर्ताव करते हैं।

लोगों से काम लेने की रीति उनके साथ सम्मान और विवेक का वर्ताव करना है। "आप महत्त्वपूर्ण हैं," इसपर ज़ोर दीजिए। "मैं महत्त्वपूर्ण हूं," यह कभी न कहिए।

यह बात है तो आसान, परन्तु कुछ लोग ऐसे हैं जिन्हें देख ऐसा लगता है कि यह बहुत कठिन है।

स्वभाव को मधुर बनाइए

हम अनेक काम बिना जाने-बूझे, बिना कोई योजना बनाए करते हैं। इससे हमारे समय तथा शक्ति का अपव्यय होता है। यदि कार्य आरंभ करने से पूर्व, उसकी पद्धति पर गंभीरता से विचार कर लिया जाए, तो इससे समय तथा शक्ति की काफी बचत हो सकती है। अतः ऐसा करने का अभ्यास अत्यावश्यक है।

उचित सीमा में हम अच्छे व्यवहार का जितना अधिक स्वभाव बना लेंगे, हमारे जीवन में सफलता की उतनी ही अधिक संभावना रहेगी।

वास्तव में हमारे स्वभाव हमारे जीवनरूपी कल के पुर्जे हैं। जीने के लिए वे हमारे औज़ार हैं। सहज ज्ञानात्मक आचरण से इनका अन्तर इस बात में है कि ये अभ्यास से प्राप्त किए या सीखे जाते हैं। एक विद्वान संक्षिप्त रूप में यह बात इस प्रकार कहता है, "आदत, सीखे हुए आचरण का आदर्शानुकूल बनाया हुआ नमूना होती है।"

हम कहें तो कह सकते हैं कि अच्छे स्वभाव वे होते हैं जो हमें जीवन को सुखी और सफल बनाने में सहायता देते हैं। बुरे स्वभावों का प्रभाव इससे उलटा होता है।

महत्त्वपूर्ण बात यह है कि आचरण की रीतियां, जैसा कि मिलनसारी या अलग-थलग रहना, साफ-सुथरापन या मैलाकुचैलापन, हंसमुख होना या सदा निराशा में डूबे रहना और ऐसे ही दूसरे स्वभाव, क्योंकि सीखने से आते हैं, इसलिए कोई बात सीखने के जो नियम हैं वे इनपर भी लागू होते हैं। इनको भुलाया या अनसीखा किया जा सकता है और इनके स्थान में दूसरे स्वभाव लाए जा सकते हैं।

हम अपने स्वभाव प्रथा, अनुभव और शिक्षा से प्राप्त करते हैं। हम उन्हें इसलिए ग्रहण कर लेते हैं क्योंकि वे हमारा उद्देश्य पूरा करते प्रतीत होते हैं। हम सन्तुलन और गति का स्वभाव इसलिए सीखते हैं ताकि हम चल सके।

हम बाज़ार में बायें हाथ रहकर चलना सीखते हैं। हम गोल्फ में गेंद को मारना और ऐसी ही दूसरी दक्षताएं सीखते हैं।

प्रत्येक दशा में परीक्षा और भूल से सीखते और उनपर दृढ़तापूर्वक लगे रहते हैं, जहां तक कि वे अपने-आप होने लगते हैं।

इसी प्रकार हम अपने पढ़ने के स्वभाव, बोलने के स्वभाव, खेलने एवं काम करने के स्वभाव और अपने सोचने के स्वभाव सीखते हैं।

बुरी लतें अर्थात् प्रभावहीन या अ-रचनात्मक बर्ताव की रीतियां भी इसी प्रकार सीखी जाती हैं।

उदाहरणार्थ, नन्हा पीयूष मिठाई मांगता है। किसी विशेष कारण से माता कहती है—"बेटा, अभी नहीं।" पीयूष अपनी हठ नहीं छोड़ता, बराबर दिक करता रहता है। अन्त में वह चिल्लाकर सारा घर सिर पर उठा लेता है। माता झुक जाती है और पीयूष को मिठाई मिल जाती है।

पीयूष अपनी बात मनवाने का ढंग मालूम कर लेता है। वह इस ढंग से बार-बार काम लेने लगता है। उसकी मांगें भी बढ़ जाती हैं। इस प्रकार वह एक समाज-विरोधी स्वभाव को विकसित कर रहा है।

समयनिष्ठ न होने, देर से उठने, दीर्घसूत्रता जैसी बुरी लतें इसी प्रकार सरलता पूर्वक उत्पन्न हो जाती हैं। सोइसन नामक विद्वान कहता है—"समय पर काम करना अच्छी भावनात्मक दशा का द्योतक है। सदा देर करने की लत, टालते जाने का स्थायी स्वभाव दुर्बल मानसिक स्वास्थ्य को प्रकट करता और इसे और भी बढ़ाता है। कारण यह कि यह भीतर की अस्वस्थ दशा का परिचायक है। ऐसी नतों वाला व्यक्ति निषिद्ध, असंगठित और हताश होता है।"

स्वभाव वृत्तियों के लक्षण होते हैं। इसलिए महत्त्वपूर्ण बात यह है कि स्वभाव की जड़ क कड़ा जाए और यदि मनोवांछित परिवर्तन लाना है तो अवांछनीय वृत्ति को निकाल दिया जाए।

इसलिए किसी बुरी लत को दबाने और उसके स्थान पर कोई अच्छी चीज़ लाने के लिए पहला कदम यह होना चाहिए कि आत्मबोध का कोई उपाय प्राप्त किया जाए।

यह बात सदा स्मरण रखिए कि हमारे स्वभाव हमारे जीने के लिए औज़ार हैं। ये वे तकनीकें हैं जो हमने जीवन की समस्याओं को सुलझाने

के लिए सीखी हैं। अपने-आपसे कुछ प्रश्न करने से बहुत कुछ भेद खुल जाता है।

आत्म-निरीक्षण

मेरा स्वभाव कैसा है ? वह अच्छा है या बुरा? क्या वह सचमुच मुझे काम देता है और जीवन को सफल और सुखी बनाता है?

मैं कौन पत्र-पत्रिकाएं और पुस्तकें पढ़ता हूं? जिन रचनात्मक विचारों का मुझे प्रयोजन है क्या वे मुझे उनसे प्राप्त होते हैं ? मेरे मनोविनोद क्या हैं और मैं उनको कितना समय देता हूं?

मैं नित्य किन शब्दों का प्रयोग करता हूं? मैं कैसे चलता हूं—तीव्र गति से, अलस गति से ?

दूसरों के लिए मेरी प्रतिक्रिया कैसी होती है ? क्या मैं विनोदी हूं? आशावादी हूं या निराशावादी? जीवन के प्रति मेरा स्वाभाविक विचार क्या है ?

इस प्रकार के और भी कई प्रश्न पूछे जा सकते हैं। और उनसे लाभ ही होगा। यदि मैं पाता हूं कि मैं समय-पालक नहीं, तो देखना चाहिए कि क्यों नहीं। मैं सदा विलम्ब क्यों करता हूं? क्या इसका कारण केवल असावधानता और विवेक का अभाव है या लोगों को प्रतीक्षा में रखने और उनका समय नष्ट करने का इसमें कोई गहरा कारण है ?

यदि मैं टालता हूं और काम को किसी दूसरे समय के लिए छोड़ देता हूं, क्या इसका कारण आलस्य है ? या क्योंकि मैंने कामचोर होने का स्वभाव प्राप्त कर लिया है ? या काम करने की अपनी योग्यता में मैं विश्वास खो बैठा हूं?

इस प्रकार की कोई जांच-पड़ताल आवश्यक है। हमें निर्णय करना होगा कि कौन स्वभाव हमारे जीवन को आगे ले चलते हैं और कौन नहीं।

स्वभावों का सदा कोई अर्थ होता है, जैसा कि निम्नलिखित बातों से पता लगेगा।

एक स्त्री अधेड़ आयु में बहुत अधिक मोटापे के कारण दुःखी हो गई। उसके डाक्टर ने उसे बहुत अधिक खाने की हानियां बताई तो उसने अपने कष्ट की जांच-पड़ताल की। वह बड़ी उदार थी। वह अपना बहुत साधन अपने वृद्ध माता-पिता की देख-भाल में खर्च कर देती थी। वह अपने दूसरे सगे-संबोधियों और मित्रों को भी बहुत कुछ देती थी। उसे खर्च चलाने के लिए कड़ा परिश्रम करना पड़ता था।

उसने अनुभव किया कि बहुत अधिक खाना मेरे जीवन की रगड़ से पैदा हुई क्षति की पूर्ति और उससे छुटकारा पाने का साधन-मात्र है। इसपर भी उसने अपने ढंग को बदलने से इंकार कर दिया।

वह कहने लगी—"खाना ही एकमात्र सच्चा आनन्द है जो मैं जीवन में प्राप्त करती हूं। इसलिए मैं खाना नहीं छोड़ूंगी।"

सो स्पष्ट है कि उसने अपने तनाव और बहुत अधिक उद्योग से छुट्टी पाने का बुरा साधन आंखें खोलकर चुना।

वह अपने खर्च करने के स्वभाव को अधिक सफल रीति से इस प्रकार पुनः संगठित कर सकती थी कि जिससे घर का खर्च चलाने के लिए उसे इतना कड़ा श्रम करने की आवश्यकता न रहती।

यदि वह अपने प्रयोजन को तनिक अधिक गहराई से देखती तो हो सकता था कि उसे अपने अति दानशील होने का कारण भी ज्ञात हो जाता।

किसी स्वभाव को बदलने के लिए दूसरी ढूंढ़ने वाली चीज़ इसे बदलने का कोई यथेष्ट कारण है, केवल दृढ़ संकल्प कर लेना ही पर्याप्त नहीं। परिवर्तन के लिए प्रबल और विश्वस्त अभिलाषा होनी चाहिए। हमारे लिए यह अनुभव करना आवश्यक है कि यह लत हमारे काम के लिए एक बुरा साधन है।

यह बात स्वीकार कर लेना सदा आसान नहीं हुआ करता कि जिस अभ्यास को हम पसन्द करते हैं वह हानिकारक है। परन्तु बहाने बनाना काफी आसान होता है।

हम विश्वासघात और व्यभिचार को युक्तियुक्त बता सकते और इसे साहसिक कार्य कह सकते हैं। या मन में पोसकर रखे हुए ईर्ष्या-द्वेष को बनाए

रखने को हम चरित्र-बल के रूप में वर्णन कर सकते हैं। भोग-विलास को अनिवार्य आवश्यकता का नाम देकर, अपव्यय को मित्रोचित रंगरलियां कहकर न्यायसंगत ठहरा सकते हैं।

परन्तु स्वभाव के संशोधन के लिए यह आवश्यक है कि हम जो बात हो उसका निष्कपट भाव से सामना करें। जब हम अपने-आपको देखने का यत्न करें, तब गुलाबी रंग का चश्मा पहनकर देखना हितकर नहीं।

तम्बाकू पीने की टेव को ही ले लीजिए। जब हम तम्बाकू पी रहे हों, तो हमें यह बात स्पष्ट होनी चाहिए कि हम क्या कर रहे हैं, और क्यों कर रहे हैं।

डाक्टर यूस्टेस चैस्सर ने 'तम्बाकू पीना कैसे और कब छोड़ना चाहिए' नामक अपनी पुस्तक में छः उपयोगी बातें लिखी हैं। उन्होंने दिखलाया है कि तम्बाकू पीने की लत के पीछे सदा एक निश्चित मनोवैज्ञानिक कारण रहता है।

बहुधा लोग अत्यधिक तनाव को दूर करने के लिए ही तम्बाकू पीते देखे जाते हैं। डा० चैस्सर का कथन है कि यौवन-काल में कोई चिन्ता बहुधा तम्बाकू पीना आरम्भ करने का एक कारण हुआ करती है।

धूम्रपान और सुरापान बहुधा सामाजिक मेल-मिलाप की बात समझी जाती है। मित्रमण्डली में किसीको सिगरेट या मदिरा दी जाए और वह पीने से इंकार करे तो साथी बुरा मानते हैं। उसपर पीने के लिए दबाव डाला जाता है। और वह इंकार करने से घबराता है। बस इसीसे इस लत का आरम्भ होता है।

हुक्का पीते समय मनुष्य चाहे अकेला बैठा हो, पर वह समझता है कि मैं अकेला नहीं। वह हुक्के को अपना साथी अनुभव करता है। तम्बाकू पीना निर्जनता और विराग के भय को अभिभूत करने की एक युक्ति है। कहावत है कि यदि आपके पास हुक्का है तो आप कभी अकेले नहीं।

तम्बाकू पीना दिवास्वप्न और झक को प्रोत्साहित करता है। इस प्रकार यह बहुत थका देने वाली अवस्था से अस्थायी छुटकारे का एक साधन है।

तम्बाकू पीने के लिए ऐसे कई बहाने हो सकते हैं। डा० चैस्सर इस बात पर बल देते हैं कि किसी स्वभाव को छोड़ने के लिए पहला और सबसे महत्त्वपूर्ण पग यह है कि उसके मूलभूत कारणों का पता लगाया जाए। उनका कथन है कि "जिस स्वभाव ने आपपर कूरदृढ़ पकड़ डाल रखी है उससे छुटकारा पाने के लिए उन अवस्थाओं के साथ व्यवहार करना परम आवश्यक है जो उसके पड़ने का कारण बनी थीं।"

किसी स्वभाव को छोड़ने में यह आवश्यक है कि आप कोई अपवाद न रहने दें।आपको उस परिस्थिति में पहुंचने का यत्न करना चाहिए जो आपको अपने निर्णय को और भी दृढ़ करने में सहायता देती है, और उस परिस्थिति से दूर रहना चाहिए जो आपके संकल्प को दुर्बल बनाती है।

यदि आप तम्बाकू पीने की लत छोड़ना चाहते हैं तो अच्छा यह है कि आप तम्बाक न पीने वाले लोगों की संगति किया करें और उन लोगों से परे रहें जो आपको तम्बाकू पीने के लिए कहते है।

आप निरंतर आत्म-संकेत का अभ्यास करके मनोवैज्ञानिक प्रशिक्षण प्राप्त कर सकते हैं। आपके संकेतों को उन संकेतों का सामना करना होगा जो निरन्तर आपके सामने आ रहे हैं। आपके संकेत रचनात्मक हों। उनमें यह निश्चय हो कि मैं किसी भी प्रलोभन में पड़कर तम्बाकू नहीं पीऊंगा। मैं अपना मुंह, दांत और उंगलियां सदा साफ रखूंगा। उनमें तम्बाकू का मैल नहीं लगने दूंगा।

वास्तव में आप स्वभाव के विरुद्ध युद्ध करने का यत्न नहीं कर रहे, चाहे वह कितनी ही जड़ जमाए क्यों न हो, वरन् आप नीचे छिपी मनोवृत्ति को बदलने का प्रयास कर रहे हैं। इसलिए आपको अपनी उपचेतना को बदलने के लिए प्रत्येक साधन ढूंढ़ना चाहिए।

यदि आप सफल होना चाहते हैं तो आपके लिए आवश्यक है कि आप इस लत के विरुद्ध जितना भी हो सके, पढ़ें, सुनें और विश्वास करें। आपका केवल इस लत से अपना बचाव करते रहना ही पर्याप्त नहीं। यदि आप सफलता चाहते हैं तो जहां तक सम्भव हो इसके विरुद्ध संग्राम भी करना आवश्यक है। आपको निरन्तर इस बात का ध्यान रखना होगा कि यह लत

कहीं फिर से न लौट आए।

हमारे अनेक स्वभाव बहुत दीर्घकाल से, लगभग सारे जीवनभर से, हममें छावनी डाले बैठे हैं और इनको लगातार कुमक पहुंचती रही है। वे आसानी से या जल्दी से पराजित नहीं किए जा सकेंगे। उनके नियंत्रण के लिए विचार, उद्यम और अध्यवसाय की अपेक्षा होगी।

कुछ लोगों के लिए किसी स्वभाव पर बहुत थोड़े समय में काबू पा लेना और उसे दुबारा न होने देना भी सम्भव होता है।

सफलता प्राप्त करने की विधि

कई लतें अधिक प्रतिरोध करने वाली होती हैं। वे बहुत अड़ती हैं। एक नवयुवती को बहुत अधिक मीठा खाने की लत थी। उसके डाक्टर ने उसे मिठाई आदि खाना छोड़ देने को कहा। आहार में इस परिवर्तन से उसके भार में सन्तोषजनक कमी हो गई और उसका रूप भी तदनुसार अच्छा निकल आया।

परन्तु एक दिन वह एक बहुत ही अतिथि-सेवा-परायण सहेली के घर मिलने गई। सहेली ने आग्रह किया कि मैंने विशेष रूपसे आपके लिए खोये के लड्डू बनाए हैं; एक तो अवश्य खाकर देखिए। पहले तो उसने बहुत इन्कार किया, परन्तु अन्त में वह झुक गई।

वहां से वह घर लौटी और बड़े चाव से मिठाइयां खाने लगी। इस प्रकार उसका मीठा खाने का पुराना विनाशकारी स्वभाव लौट आया और साथ ही उसके अपरिहार्य परिणाम भी।

हमें अपने इस नियम में कोई अपवाद नहीं होने देना चाहिए। यदि हम सफल होना चाहते हैं तो हमें अपने संकल्प पर दृढ़ रहना चाहिए।

यदि हम अपने स्वभावों को अधिक अच्छी तरह से समझने का प्रयत्न करें और फिर उनसे भिन्न मार्ग ग्रहण करने का संकल्प करें, और क्रिया एवं प्रतिक्रिया की अधिक रचनात्मक रीतियां अटल रीति से निर्मित करते रहें, तो बड़ी से बड़ी दुर्दमनीय और दुःशाम्य प्रवृति भी उखाड़ दी जा सकती है।

तब उसके स्थान में जीने के लिए उससे कोई अधिक अच्छा माधन रखा जा सकता है।

स्वप्नों से समस्याओं का समाधान

संसार में स्वप्न हमारी समस्याओं का समाधान कैसे कर सकते है ? वे निद्रारूपी सागर में टूटे हुए जहाज़ के उतराते हुए अवशेष होते हैं। वे न तो बुद्धि हैं और न युक्ति। वे कैसे सहायता कर सकते हैं ?

इस शताब्दी के आरम्भ में अध्यापक सिगमण्ड फ्रायड ने दिखलाया कि स्वप्न स्वर्ण के डलों के सदृश हैं, जिनको मिट्टी और पत्थर के टुकड़ों में पहचानना कठिन होता है, परन्तु एक बार वैज्ञानिक रीती से उनके साथ व्यवहार करने पर स्वर्ण बाहर निकल आता है।

प्रत्येक स्वप्न हमारा जीवन ठीक जैसा कि अब है उसका छोटे आकार का एक रंगीन चित्र होता है। यह स्वप्नद्रष्टा के जीवन और उसके गुप्त भावों की ठीक वर्तमान काल तक की टीका होती है। यह प्रकट करता है कि हमारी अचेत लालसाओं का रुख किधर है। हम जिधर जा रहे हैं उसका यह एक बहुत बढ़िया पूर्व दृश्य उपस्थित करता है।

स्वप्न असंगत और निरर्थक इसलिए प्रतीत होते हैं क्योंकि लोग उनमें विस्मयजनक और अप्रासंगिक बातें करते हैं। परन्तु जब हम पहचान लेते हैं कि हमारे स्वप्नों में सभी व्यक्ति (यहां तक कि पशु भी) हमारी अपनी प्रकृति की विभिन्न दशाएं हैं, तब हम अपने अचेतन मन की इन नाटकीय उपजों को समझने लगते हैं। कुछ प्रसंगों में वे उस व्यक्ति या व्यक्तियों का प्रतिनिधित्व करते हैं जिनका प्रयोगवश हमपर भलाई या बुराई के लिए दुर्दम्य प्रभाव है।

हमारी समस्याओं में स्वप्न कैसे सहायता दे सकते हैं ? इसी सादा कारण से। स्वप्न का अन्त, उसकी चरम उन्नति अचेतन मन के सच्चे लक्ष्य को हमपर

प्रकट करती है। यह अचेतन मन हमारी उस प्रवृत्ति का भाग है जिसका हमें ज्ञान नहीं। स्वप्न के अन्त में हमें उस दिशा का स्पष्ट चित्र मिलता है जिधर हमारा अचेतन मन हमें अपनी सन्तुष्टि के लिए ले जा रहा है।

सी० एडवर्ड वर्कर की पुस्तक 'नर्व्ज़ ऐण्ड देअर क्योर' के स्वप्न पर प्रकरण में इसका एक मनोरंजक दृष्टान्त मिलता है। स्वप्नद्रष्टा एक युवक था, जिसने घर जाने के लिए रेलगाड़ी पक ड़ने में एक के बाद दूसरी बाधा को दूर किया। परन्तु ज्यों ही वह स्टेशन पर पहुंचा, उसने देखा कि गाड़ी चल पड़ी है, और वह ट्रेन न पकड़ सका।

रात्रि में होने वाले इस भयंकर स्वप्न के लिए स्वप्नद्रष्टा के साथ हमारी सहानुभूति है। परन्तु उसके स्वप्न का अंत—गाड़ी को पकड़ने में विफलता—उसके अचेतन मन का लक्ष्य था। दूसरे शब्दों में जब कि उसका चेतन मन घर पहुंचने पर लगा हुआ था, उसका अचेतन मन संकल्प किए हुए था कि वह गाड़ी न पकड़ सके और अपने माता-पिता से न मिल पाए।

इस स्वप्न के द्वारा उस युवक ने मालूम कर लिया कि मैं अनजाने में क्षति पहुंचाकर अपने जीवन के साथ क्या कर रहा हूं। इस प्रकार वह अपनी समस्याओं का न्यायतः सामना करके उनका समाधान कर सका।

संभव है आप कहें, "मेरे स्वप्नों का कोई अर्थ नहीं निकलता और मैं निश्चय ही नहीं जानता कि इनकी व्याख्या कैसे करूं। क्या वे भविष्य बताते हैं ?"

ऐसे लोग पढ़ने और सुनने में आए हैं जिनको ऐसे पूर्वज्ञानसंबंधी स्वप्न हुए हैं जो वास्तव में भविष्यवाणी थे। परन्तु मुझे स्वयं कभी ऐसा स्वप्न नहीं हुआ।

स्वप्न भावी घटनाओं की किसी प्रकार की जन्मपत्री नहीं होते। वे तो ऐसे नाटक हैं जिन्हें हमारी कल्पना देवी मंद गति से जागती हुई हमारी चेतना में उछालकर फेंक देती है।

उनका उद्देश्य हमें उस वस्तु का कुछ अंश देना होता है जिसे हम पसन्द करते हैं। या इससे भी अच्छा यह कि हमें उस प्रकार का उत्कर्ष प्रदान करना

है जिसे लेने के लिए हमारा अचेतन मन आग्रह करता है।

कोई व्यक्ति एक मनोवैज्ञानिक चिकित्सक के पास गया, क्योंकि वह शरमाता था और दुःखद रूप से आत्मज्ञान-विशिष्ट था। उसे कई ऐसे स्वप्न हुए थे जिनका अन्त एक दुःखद दृश्य के साथ होता था। उस दृश्य में वह अपने को बड़ी घबराहट के साथ शरमाया हु आ पाताथा। उसके इर्द-गिर्द दर्शकों का झुण्ड उसकी घबराहट की खिल्ली उड़ा रहा होता था।

इस प्रकार के स्वप्नों का बार-बार आना चिकित्सक पर प्रकट कर दिया कि वे बहुत महत्त्वपूर्ण हैं। उसके स्वप्नों का अन्त प्रायः सदा ही घबराहट, लज्जा या मान-मर्दन के साथ होना इस बात की घोषणा करता था कि यद्यपि यह अनुभव उसका चेतन मन बिलकुल नहीं चाहता था, तो भी यह उसकी अचेतन भावनाओं का वास्तविक लक्ष्य था।

दूसरे शब्दों में, वह अपने शरमा जाने और आत्मज्ञान-विशिष्ट होने की समस्या के साथ तभी व्यवहार कर सकता था जब वह इस बात को समझ ले कि जहां यह मेरे चेतन मन के लिए महाकष्ट है, वहां इसके साथ ही वह उसके अचेतन मानसिक आवेगों के लिए पुरस्कार और पारितोषिक है।

यह कैसे हो सका ?

इसका रहस्य उसके प्रारम्भिक इतिहास में निहित था।

जब वह नन्हा बालक था तो वह अनुभव करता था कि मुझे कोई नहीं चाहता; मुझसे कोई प्यार नहीं करता। कोई भी व्यक्ति उसपर ध्यान नहीं देता था। इससे उसे इतना दुःख होता था, मानो उसे भावनात्मक रिक्तता से पूर्ण विनाश की आशंका हो।

तब एक दिन उसके बड़े भाई ने उसके साथ शरारत की और उसे पूरा-पूरा मूर्ख दिखलाया। भाई बच्चे की घबराहट और बेचैनी पर खिलखिलाकर हंसा और गरजा। उसके साथी भी उसपर हंसे। यह बात उस छोटे बच्चे के लिए बड़ी डरावनी थी। परन्तु जिस रिक्तता ने उसे भयभीत कर रखा था वह इससे दूर हो गई।

परिणाम यह हुआ कि उसने किसी प्रकार अपने बड़े भाई की रीति में

प्रवेश करने का अपना स्वभाव बना लिया, जिससे बड़ा भाई उसकी हंसी उड़ाकर अपना मनोरंजन कर लेता।

बस, जब वह बड़ा होकर वयस्क बना तो इस लड़के का अचेत लक्ष्य उसी घबराहट और मान-मर्दन को ढूंढ़ना हो गया जिनसे उसे घृणा थी। उसके स्वप्नों ने यह बात प्रकट कर दी।

अनेक चिन्तातुर और उदास लोग स्वप्न में अपने को परीक्षा पास करने के लिए खूब ज़ोर लगा रहे देखते हैं।

परन्तु उनके स्वप्न की समाप्ति परीक्षा में उनकी पूर्ण विफलता के समाचार के साथ होती है।

स्वप्न का अन्त स्वप्नद्रष्टा का अचेत लक्ष्य होता है। दूसरे शब्दों में ऐसे स्वप्न हमें बताते हैं कि ऐसे चिन्तातुर और उदास व्यक्ति को विफल होने का अचेतन प्रयोजन है; क्योंकि विफलता एक ऐसा घर है जिसे वह बहुत छुटपन से जानता है। उसकी कर्मशक्तियों को सदा विजय और सफलता की अपेक्षा विफलता और निराशा का ही मुंह देखने के लिए दौड़ना पड़ता है।

स्वप्न की परिस्थिति बहुधा हमारी समझ के लिए बड़ी सहायक होती है, क्योंकि यह चित्रपट स्वप्न पर हमारे संसर्ग के लिए ठीक वातावरण प्रदान करता है।

स्वप्नद्रष्टा संभव है कहे, "मैं फिर स्कूल में आ गया हूं।" इससे तत्काल हमें ज्ञान हो जाता है कि वह एक ऐसी भावनात्मक स्थिति की बात कर रहा है जिसके साथ स्कूली लड़के के रूप में वह परिचित था।

"मैं अपनी दादी के पास बैठा था", या "मैं भारी बोझ उठाए एक ढालू पहाड़ी पर चढ़ रहा था।" स्वप्न की ये परिस्थितियां सुपरिचित अनुभवों के साथ हमारा संसर्ग स्थापित करती हैं।

दादी का कमरा स्वप्नद्रष्टा के लिए सदा एक विशेष वातावरण रखता था। भारी बोझ लिए पर्वत पर चढ़ने का अर्थ है कि स्वप्न देखने वाला जीवन को भारी संघर्ष और प्रबल उद्योग समझता है।

हमारा बचपन का घर स्वप्न में स्वभावतः दिखलाता है कि हम उन भावनात्मक स्थितियों के साथ व्यवहार कर रहे हैं जिनका हमें उस बाल्यकाल

में खूब ज्ञान था।

रेल की सड़कें और रेलयात्रा बहुधा स्वप्न में दीख पड़ती हैं। वे बहुत बार जीवन की लंबी यात्रा का सुझाव देती हैं। इसके विपरीत रेलवे स्टेशन में कभी-कभी हमारे जीवनों के यौन या आश्चर्यजनक लेन-देन का संकेत रहता है।

स्वप्न सादी और सांकेतिक भाषा में बोलते हैं। सड़क पर शोर करता हुआ मोटर साइकल शक्ति के भाव का द्योतक होता है। अंधकार में सिंह किसी ऐसे अंधकार से अनुप्राणित भय का लक्षण हो सकता है जो नियंत्रण से बाहर है।

स्वप्न बहुधा हमारी यौन दुविधाओं को लाक्षणिक रूप दे देते हैं। पुरुष की कामवासना बहुधा किसी लंबी, सीधी वस्तु, जैसे कि छड़ी, तलवार, सांप द्वारा पुरुष की यौन इन्द्रिय के रूप में प्रकट की जाती है। नारी-कामवासना मुंह, कण्ठ, गुफा या छेद द्वारा नारी की इन्द्रिय के रूप में दिखलाई जाती है।

कोई घर सामान्यतः स्वप्नद्रष्टा के व्यक्तित्व को दिखलाता है। भवन का निचला तल्ला अचेतन मन की गतिविधियों, या अनुप्राणित लालसाओं, या किसी आतंकित करने वाली वस्तु को अपेक्षित स्थिति प्रदान करता है।

अटारी बहुत बार स्वप्नद्रष्टा की मानसिक तत्परता को प्रतिबिम्बित करती है ! रसोईघर का बहुधा खाने के स्वभाव के साथ संबंध रहता है और स्नानगृह तथा शृंगार की वस्तुओं का (जो बहुत बार स्वप्न में दीख पड़ती हैं) संबंध आरम्भिक बाल्यकाल में मैल और सफाई पर होने वाली लड़ाइयों के साथ होता है।

किसी स्वप्न में चिह्न द्वारा निर्देशित स्वरूप को खोलने की रीति है सुस्ताना और स्वप्न की परिस्थिति, भावना और मानसिक आवेगों को कल्पना पर कार्य करने देना और अपनी भावनाओं (न कि बुद्धि) को अनुमति देना कि जहां हमारा स्वप्न हमें ले चलता है वहां जाने दें।

अब स्वप्न की व्याख्या के कुछ दृष्टान्त लीजिए।

एक व्यक्ति ने सुरापान की लत की चिकित्सा कराई थी। उसने यह संक्षिप्त और सरल स्वप्न सुनाया— "मैंने एक द्वार को खटखटाया और

लालकोट पहने एक मनुष्य मुझे भीतर ले गया।" बस इतना ही स्वप्न था।

मनोवैज्ञानिक चिकित्सक ने उसे विश्राम करने और लालकोट वाले मनुष्य पर अपना ध्यान एकाग्र करने को कहा।

"वह किस जैसा दीख पड़ता था ? उसे देख तुम्हें किसकी याद हो आती थी ?"

उसने उत्तर दिया, "उसे देख मुझे मेरे क्लब में मदिरा लानेवाले नौकर की अस्पष्ट-सी याद हो आती है।" इतनी बात ही स्वप्न का अर्थ स्पष्ट करने के लिए पर्याप्त थी।

वह अर्थ बिलकुल यह था। यद्यपि सचेतन रूप से वह अपनी मदिरा पान की लत को दबाने के लिए सब उपाय करने पर बल दे रहा था, परन्तु उसके सभी उद्योगों को उसका अचेतन मन जानबूझकर हानि पहुंचा रहा था और आग्रह कर रहा था कि उसे पूर्ववत् मदिरा-पान करने दिया जाए।

एक स्त्री ने अपनी कामवासना पर कड़ी रोक लगा रक्खी थी और परिणामस्वरूप वह विवाह नहीं कर पाई थी।

उसने कुछ काल तक मनोवैज्ञानिक चिकित्सा कराई। परिणाम यह हुआ कि कुछ मास उपरान्त उसे यह स्वप्न हुआ—

"मैं स्वर्ग में थी और वहां एक दूसरी आत्मा में विलीन हो जाने को सम्भावना थी। मैं निर्बल अर्धांग थी और दूसरी आत्मा मुझसे बलवान थी। ऐसी बात का यह मेरा पहला अनुभव था। इसलिए मुझे बहुत डर लगा। और मैंने एक देवदूत से भरोसा चाहा कि वह दूसरी आत्मा कहीं मेरा सब कुछ ठग तो नहीं लेगी।

"मुझे दुबारा भरोसा दिया गया और मैं विलय के लिए आगे बढ़ी। यह अनुभव अद्भुत था। इससे मेरी सभी लालसाएं पूर्ण हो गई।"

स्वप्नद्रष्टा का दूसरी आत्मा में विलय निस्सन्देह यौनसिद्धि की स्वप्न-एकरूपता थी। स्वप्न की समाप्ति पर उसका उस अद्भुत अनुभव की ओर आप आगे निकलना इस बात का स्पष्ट द्योतक था कि अब उसकी यौनबाधा दूर हो चुकी है और वह विवाह के लिए तैयार हो जाएगी।

एक पादरी को स्वप्न हुआ कि मैं दूसरे पादरियों और गृहस्थों के साथ एक

जुलूस को लिए जा रहा हूं। परन्तु खेद से उसने देखा कि मैं जुलस को गलत रास्ते पर ले जा रहा हूं। इससे जुलूस में खलबली मच गई।

जिस खलबली के साथ जुलूस का अन्त हुआ वह निश्चय ही स्वप्नद्रष्टा का अचेतन या अलक्षित लक्ष्य था। जुलूस का विचार उसे एक उच्च गिरजा कालेज में अपने छात्रकाल में ले गया जहां ऐसे चोलाधारियों के जुलुस नित्य निकला करते थे।

एक निम्नकोटि का पादरी होने के नाते, वह ऐसे सुअलंकृत और विस्तृत कर्मकाण्ड के विरुद्ध विद्रोह किया करता था। वह उस गलत काम करने और एक मूर्ख समझा जाने के रूप में विद्रोह किया करता था।

यह बात उसे और भी पीछे उसके इतिहास में ले गई। जब वह बच्चे के रूप में अपनी माता और दादी के विरुद्ध मूर्ख समझा जाकर विद्रोह किया करता था, क्योंकि उसे कोई दूसरा उत्तर नहीं सूझता था।

स्वप्न और उसकी संगी बातों ने उसकी माता के साथ उसके लगाव और उसके परिणामस्वरूप अन्यमनस्कता एवं चिड़चिड़ापन द्वारा बदला लेने की आन्तरिक आवश्यकता को प्रकट कर दिया।

स्वप्न की खोज करने का परिणाम यह हुआ कि अन्यमनस्कता और चिड़चिड़ापन को दूर करने के लिए जिस समस्या को उसे हल करना पड़ता था वह उसके सामने बिलकुल स्पष्ट हो गई।

सैकड़ों स्वप्नों में से चुने हुए थोड़े-से स्वप्नों का यह गुच्छा दिखलाता है कि किस प्रकार हमारे स्वप्न हमारी अचेतन समस्याओं को प्रकाश में ला सकते हैं। वे दिखाते हैं कि किस प्रकार हमारे स्वप्न प्रकट करते हैं कि हम अपनी समस्याओं के साथ कैसे प्रगति कर रहे हैं या हम किस प्रकार अपने सचेत उद्यम को क्षतिग्रस्त कर रहे हैं।

अपने स्वप्नों को समझ लेने से हम अपने भीतर के अचेतन शत्रुओं के साथ दो-दो हाथ करके विजय के लिए काम कर सकते हैं।

स्वप्न एक बहुत आमोदजनक विषय है। यदि आप इस विषय में कुछ अधिक जानने के इच्छुक हैं तो गोफरे ए० उडले, बी० ए० कृत 'दि राइट वे टू इण्टरप्रेट योर डीम्ज़' नामक पुस्तक पढ़िए। इल्ला फ्रीमैनकृत 'ड्रीम

अनालिसिस' और सिगमण्ड फ्रायडकृत 'दि इण्टरप्रेटेशन आफ डीम्ज़' भी पढ़िए।

सफल और विजयी जीवन का माग

सफलता क्या है ? विजयी जीवन किसे कहा जाता है ? इन दोनों पर लोगों के विचार भिन्न-भिन्न हैं।

एक मनुष्य के मस्तिष्क में यही भावना बैठी हुई है कि बहुत साधन एकत्र कर लेना ही सफलता है। दूसरा व्यक्ति अप्रकट परन्तु कार्यकारी महात्मापन कोही अच्छा जीवन मानता है।

हमें बहुधा ऐसे लोग मिलते हैं जो ख्याति के लिए लालायित हैं—परन्तु उन्हें स्पष्ट नहीं कि वे किस प्रकार की ख्याति चाहते हैं।

यदि हम सफलता की तलाश में हैं तो हमें इस बात का ज्ञान रहना आवश्यक है कि हम क्या चाहते हैं। हमें पता होना चाहिए कि हम कहां तलाश कर रहे हैं। हमारे विचार ठोस होने चाहिए। हमारी निर्दिष्ट उच्चाभिलाषा का क्या रूप होगा, इसका स्पष्ट चित्र हमारे मानसिक नेत्रों के सामने होना चाहिए।

एक लड़की चाहती है, मैं सिनेमा तारिका के रूप में चमलूं। दूसरी की अभिलाषा घर-बार बनाकर बच्चों की माता बनने की होती है। प्रत्येक की अपनी-अपनी आकांक्षा अलग है।

यदि हम सफल अकाउण्टेण्ट या इलेक्ट्रिकल इंजीनियर या नर्स या डाक्टर बनने के स्वप्न देखते हैं तो हमें मालूम करना चाहिए कि हमारा अध्ययन किस प्रकार का होना चाहिए, अन्यथा हम विफलता के मार्ग पर चल रहे हैं न कि सफलता के।

हमें अपनी उच्चाकांक्षा को स्वप्नों के असार क्षेत्र में ठहर जाने नहीं देना चाहिए। हमारे विचार ठोस और निश्चित होने चाहिए।

इसका यह कदापि अर्थ नहीं कि हमें अपनी उच्चाकांक्षाओं पर कड़ी रोक-थाम लगा देनी चाहिए या हमें तब तक किसी काम में नहीं लगना चाहिए जब तक

कि हम इस बात को स्पष्ट देख न लें कि इसका अन्त क्या होगा। न ही इसका यह अर्थ है कि जो हमारे बहुत निकटस्थ और बहुत प्यारे हैं उनका अनुमोदन हम अवश्य लें। हां, उनकी बात पर हमें विचार अवश्य करना चाहिए।

सफल एवं विजयी जीवन का अर्थ विभिन्न लोगों के लिए बहुत ही भिन्न-भिन्न हुआ करता है।

कल्पना कीजिए कि तरुण एलबर्ट स्विटज़र के लिए इसका क्या अर्थ था। तीस वर्ष की आयु में वह स्ट्राबरी विश्वविद्यालय में धर्मशास्त्र, दर्शन शास्त्र और संगीतशास्त्र का एक पारंगत पण्डित माना जाता था। इसपर भी उसका जीवन सफल नहीं था। असहाय लोगों की सेवा में अपनी सारी शक्ति लगा देने की उसकी लालसा पूरी नहीं हुई थी। इसलिए उसने अपना रास्ता फिर से तैयार किया। उसने प्रोफेसरी के पद को लात मार दी और डाक्टरी पढ़ने लगा। जब उसने डाक्टरी परीक्षा पास कर ली तो मध्य अफ्रीका की दलदलों के लिए जहाज़ में सवार होकर चल दिया। वहां जाकर वह मुर्गी के चूजों के पिंजरे के बनाए हुए थिएटर में कठिन-कठिन आपरेशन करने लगा। उसके लिए वही सफलता थी। वही विजयी जीवन था।

यद्यपि उसकी एकमात्र लालसा आत्म-सन्तोष प्राप्त करने की थी, परन्तु संसार उस पुरुष की मानसिक शक्ति का सम्मान करता था। उसे नोबल शान्ति-पुरस्कार दिया गया।

डाक्टर श्विटजर के लिए जो विजयी जीवन था, हो सकता है कि वही आपके लिए न हो। हममें से प्रत्येक को अपनी भाव-व्यंजना के लिए कोई साधन ढूंढना होता है।

एक स्त्री को गम्भीर भावना-विकार का कष्ट था, क्योंकि वह अपने को हारी हुई, खाली, अकेली और निकम्मी अनुभव करती थी। उपचार से पता लगा कि उसकी बड़ी आकांक्षा थी कि मैं दूसरों की सहायता कर सकूँ। जब वह अच्छी हो गई तो उसने अपने चिकित्सक को लिखा—

"एक स्त्री मुझे सड़क पर मिली। मैं उसे बिलकुल नहीं जानती थी। उसने मुझसे कहा कि गत पांच वर्ष में तुममें इतना अन्तर आ गया है कि मैं अनुभव करती हूं कि तुममें कुछ है। उसकी बहन बहुत रुग्ण थी। उसने मुझे उसके लिए

प्रार्थना करने को कहा।"

उस चिकित्सक के उस रोगी के लिए यही सफल और विजयी जीवन था।

जब हमें ज्ञान हो कि हमारा लक्ष्य किस प्रकार का है, तो हमें अपने-आपसे पूछना चाहिए, "क्या मैं इस मार्ग पर चलने, काम करने, भरोसा करने और अपनी कठिनाइयों का सामना करने के लिए सचमुच तैयार हूं?"

हो सकता है कि कोई मनुष्य कहे, "मुझे वाटिका बहुत भाती है। अपने मानसिक नेत्रों के सामने यहां वह फुलवाड़ी, वहां हरी घास का क्रीडाक्षेत्र, इधर सुन्दर तलैया, उधर नारंगी के पेड़ और लुभावनी बेलें देख सकता हूं। कैसा अद्भुत दृश्य है!"

परन्तु जब तक वह इन चीजों को बनाने के लिए परिश्रम करने और खर्च करने के लिए—धन निकालने, जिसके लिए उसे अपना सिगरेट, सिनेमा और मदिरा का खर्च घटाना पड़ेगा—तैयार नहीं, उसके ये स्वप्न केवल दो दिन की चांदनी होकर ही रह जाएंगे।

यह मालूम करना आवश्यक है कि हम अपने जीवनों को क्या देने को तैयार हैं, हमारी कल्पना को क्या सुहाता है। इसके बाद यह आवश्यक है कि हम दूसरी चीजों को जाने दें।

यदि आप कठिनाइयों से दो-दो हाथ करके डाक्टर या संसदसदस्य बनने का निश्चय करते हैं तो फिर आप इसके साथ ही साथ अपने अवकाश के घंटे रेडियो को उलट-पलट करने या प्रत्येक दल का जीवन-प्राण बनते फिरने में नष्ट नहीं कर सकते। यह आवश्यक है कि आप अपना मार्ग निश्चित कर लें और फिर उसपर डटे रहें।

जीवन की पुनर्व्यवस्था

हममें से जिनकी आयु चालीस या इससे ऊपर हो चुकी है, वे यदि विजय और सन्तोष का अनुभव करना चाहते हैं तो उन्हें कभीकभी अपने जीवनों को फिर से व्यवस्थित करना होगा।

उदाहरणार्थ, एक स्त्री है जिसने अपना जीवन अपने बच्चों के लिए लगाया है, परन्तु अब उन्हें इसकी आवश्यकता नहीं रही।

एक पुरुष, जो सेवा-निवृत्त होने को है, वह दिन शीघ्र ही आ जाएगा जब वह पेंशन लेकर घर बैठ जाएगा। तब प्रतिदिन सवेरे उठने पर उसे आश्चर्य हुआ करेगा कि उसे कार्यालय के लिए भागना क्यों नहीं पड़ता!

बड़े-बड़े परिवर्तन करने पड़ते हैं। यदि हम नहीं बदलेंगे तो जीवन हमें नीचे गिरा देगा। परन्तु यदि हम निर्णय कर सकते हैं कि हमारी शक्ति, प्रेम, सहानुभूति और विवेक की पूंजी किस ढंग से काम में लाई जा सकती है, तो हम बहुत अच्छा करेंगे और हमारा जीवन प्रति वर्ष समृद्ध से समृद्धतर होता जाएगा।

एक स्त्री स्वेच्छापूर्वक अन्धों की सेवा करने लगी। इससे उसमें नवीन शक्ति का संचार हो गया। एक दूसरी स्त्री ने जब से स्त्रीसमाज में पुस्तकाध्यक्ष का काम करना आरम्भ किया है, उसे अपना जीवन ही बिलकुल भिन्न मालूम होने लगा है।

कई पुरुषों ने देखा है कि जब से वे ग्रामसेवा का काम करने लगे हैं, तब से उन्होंने नव जीवन लाभ किया है।

स्विटज़रलैण्ड का डाक्टर कार्लजंग कहता है कि पचास वर्ष से अधिक आयु के अनेक लोग अपने ही विनीत ढंग से दार्शनिक बन जाते हैं। वे आध्यात्मिक आविष्कार में ऐसी सचाइयां पाते हैं जो जीवन को आनन्दमय बनाती हैं।

ऐसे लोग भी मिलते हैं जो साठ वर्ष की आयु को पहुंचकर रूपान्तरित हो गए हैं क्योंकि उन्हें अन्त में जाकर अपने विश्वासों के लिए दृढ़ आधार मिल गया है अथवा उन्होंने देख लिया है कि हमारा यह और अगला जीवन निरन्तर विकास की यात्रा-मात्र है।

तब यह सफल और विजयी जीवन को जाने वाली सड़क का पहला निर्देशक है। यह आवश्यक है कि आपको इस बात का ठीक ज्ञान हो कि आप क्या चाहते हैं और फिर अपनी शक्ति कहां लगाने से आपको लाभ होगा।

रास्ता दिखाने वाला दूसरा निर्देशक है श्रद्धा। निश्चय रखिए कि आपमें श्रद्धा का उतना ही विकास होगा जितना आप चाहते हैं। और यदि हमें अपने-आपमें, या अपनी योजनाओं में, अपने भविष्य, अपनी क्षमताओं,

अपने परमेश्वर में श्रद्धा है, तो चाहे आरम्भ में यह श्रद्धा राई के दाने के समान छोटी हो, अभ्यास और प्रयोग से यह विकसित हो जाती है।

श्रद्धा अस्पष्ट और अनिश्चित नहीं होती। यह तो विश्व में सबसे ठोस वस्तु है। यह सक्रिय प्रत्याशा है।

अन्धविश्वास का नाम श्रद्धा नहीं। किसी सचाई को जान लेने के बाद उसपर दृढ़तापूर्वक डटे रहना ही श्रद्धा है।

इसपर इस प्रकार विचार कीजिए। हो सकता है कि आप कहें कि मुझे दृढ़ विश्वास है कि मैं एक अच्छा गायक बन जाऊंगा। दूसरे शब्दों में आपको प्रत्याशा है, परन्तु इस प्रत्याशा का कोई फल नहीं होगा जब तक कि आप उसके लिए कोई ठोस योजना बनाकर उसपर आचरण नहीं करते।

सक्रिय प्रत्याशा का अर्थ है कि आप किसी अच्छे व्यक्ति से परामर्श लेंगे, किसी अच्छे गायक के पास सीखने जाएंगे और दूसरे सब शगल छोड़कर इसीमें लग जाएंगे।

आप अपने मार्ग में आने वाली बाधाओं को दबा लेंगे। आप अपना फालतू धन इस कल्पना में लगा देंगे। आप अपना समय और शक्ति इस योजना को अर्पित कर देंगे। यही श्रद्धा है। और कर्म के बिना श्रद्धा बिलकुल कोई श्रद्धा नहीं। वह तो मरीचिका है।

सच्ची श्रद्धा सदा क्रियात्मक, निर्णायक और क्रियाशील होती है। हो सकता है कि आपके लिए इसका अर्थ मार्ग का परिवर्तन, वापस लौटने का मार्ग न रहना हो। हो सकता है कि आप एक ऐसे स्थान पर पहुंच चुके हों जहां दूसरे लोगों की सम्मति के विरुद्ध आपको आगे ही बढ़ना पड़े।

संसार में बहुधा ऐसे ही लोगों ने बड़े काम किए हैं जिनकी किसी बात पर अटल श्रद्धा थी। इसी सच्ची श्रद्धा के प्रताप से मनुष्य हंसते-हंसते आग में कूद पड़े हैं। इसी श्रद्धा के बल पर बन्दा वैरागी ने अपनी बोटी-बोटी नुचवा डाली, परन्तु 'हाय' तक न की। ऐसे मनुष्य के सामने दो मार्ग होते हैं—एक तो अपनी अपेक्षाकृत सुरक्षा का, परन्तु पुरानी लकीर पर ले जाने वाला, और दूसरा, वांछनीय, ललकारने वाला, परन्तु जो असंभव प्रतीत होता है। इनमें से कौन मार्ग ग्रहण किया जाए, इसका निश्चय करना कठिन होता है।

बाद को मनुष्य को ज्ञान होता है कि उस दिन मैंने जो मार्ग चुना था उसने मेरे जीवन, मेरे भविष्य, मेरे चरित्र में बहुत बड़ा अन्तर उत्पन्न कर दिया है।

आप मेरी बात पर विश्वास करें यान करें, अपनी परिस्थितियों को हम आप ढालते हैं। वे हमें नहीं ढालतीं। प्रत्याशा के साथ जब कर्म मिल जाता है तो वे जीवन को खोल देते हैं।

विजय के मार्ग पर तीसरा निर्देशक यह है कि हम अपने में व्यायाम का अनुशासन विकसित करें।

इसका भाव यह नहीं कि हम प्रतिदिन सवेरे आध-आध घण्टा दंड पेला करें या व्यायामशाला में कसरत किया करें। इसका भाव यह है कि जिस प्रकार एक कसरती विजय प्राप्त करने के लिए अपने को प्रशिक्षित करता है, उसी प्रकार हमें भी करना चाहिए।

एक कसरती मनुष्य अपने शिक्षण में कठोर और कड़ा नहीं, वरन् ढीला और शिथिल बन जाता है। वह उसमें सुखी होता है। उसे अपने शरीर के ढांचे का ठीक उसी प्रकार ज्ञान हो जाता है जैसे हमें अपने व्यक्तित्व की स्वतन्त्रता का ज्ञान हो सकता है।

एक समय की बात है, एक मनुष्य ने अपने एक मित्र को सिगरेट पेश किया। मित्र ने खीसें निकालते हुए कहा, "नहीं जी, आपका धन्यवाद है। मैं प्रशिक्षण ले रहा हूं।" वह सत्तावन वर्ष की आयु में भी बैडमिण्टन खेल रहा था। उसकी आंखें चमकीली थीं। वह सुखी, प्रसन्न और वार्तालाप करने में निपुण था। कारण यह कि उसका अपने पर नियंत्रण था, और इसे वह पसन्द करता था।

आपका व्यक्तिगत कारोबार क्या है ? क्या आप सवेरे बिछौने में पड़े करवटें बदलते हैं ? क्या आप रात को देर तक जागते रहते या मदिरा पीते हैं ? या आप किसी भी बात में नियम का पालन नहीं करते ?

इस बात का पता लगाना चाहिए कि आप इन लतों को क्यों नहीं छोड़ते और इनको क्यों नियंत्रण, प्रसन्नता और विजय के जीवन पर अधिमान देते हैं।

कोई भी बुरी लत छोड़ी जा सकती है, यदि आप (क) उसके स्थान में

कोई दूसरा अधिक अच्छा स्वभाव रख दें, (ख) यदि आप इच्छाशक्ति से नहीं वरन् कल्पना से काम लें, (ग) यदि आप आत्म-दया को अपने में आने न दें।

अपनी कल्पना को उस भिन्न जीवन से भर दीजिए जिसे आपका नया स्वभाव संभव बना रहा है। अनुशासन में प्रयोग करके देखिए, और उस प्रयोग का आनन्द लेने का दृढ़ संकल्प कीजिए। अपने भीतर परिवर्तन होने दीजिए, चाहे वे अभूतपूर्व ही क्यों न हों और आपमें असाधारण मानसिक आवेग क्यों न उत्पन्न करें।

स्मरण रहे कि यह बात नहीं हो सकती कि आप बदल भी जाएं और साथ ही वैसे के वैसे बने रहें जैसे कि आप हैं।

सबसे वढ़कर अपने मन को विजय की ठोस संभावना से और अपनी योजनाओं के अनुसार कार्य से इतना भर लीजिए कि आपमें एक नवीन भावनात्मक अनुशासन उत्पन्न हो जाए, जो स्वप्न को वास्तविकता में बदल दे।

जब एक बार हमारी कल्पना भड़क उठी, तो फिर जिस काम को करने का हमने दृढ़ संकल्प कर लिया है, उसे हम पूरा कर सकते हैं। विजय का यही रहस्य है।

दो अन्तिम बातें

आरम्भ कर दीजिए। किनारे पर लड़खड़ाइए और कांपिए नहीं। वस्तुतः कोई काम न करके लंबी-चौड़ी योजना बनाते हुए बहुत देर तक ठहरे न रहिए। आप चाहे सितार बजाना सीखने लगें, या कोई पुस्तक लिखना आरम्भ करने लगें, एक समय ऐसा अवश्य आता है जब आपको पहला पाठ सीखना, जब पहली पंक्ति लिखना आवश्यक होता है।

एकमात्र मार्ग यही है कि आरम्भ कर दिया जाए। जब एक बार आरम्भ कर दिया, फिर आप उसे कितना ही विस्मयजनक क्यों न अनुभव करें, आपकी प्रवृत्ति उसे जारी देखने की होती है।

दूसरे, जब एक बार आपने आरम्भ कर दिया तो फिर चलते रहिए। केवल उसी समय ही नहीं जब आपको यह पसंद आता है, वरन् उस समय भी

जब आपका मन इस काम को छोड़ देने को होता है।

ऐसे आकस्मिक संकटों में ही हमारा चरित्र सबल बनता है। तब ही हमारे मन में उस प्रतिरोध-शक्ति का विकास होता है जो हमें सफलता के लिए तैयार करती है।

क्या आप सचमुच सफल और सुखी जीवन का मार्ग मालूम करना चाहते हैं ? इन संकेतों का बार-बार अध्ययन कीजिए। इनको अपने आचरण में लाइए। धैर्य और समय के साथ, सफलता और विजय आपको प्राप्त हो जाएगी।

पदोन्नति कैसे करें

यदि आप दस उद्योगपतियों से पूछेगे कि किसी कर्मचारी को उन्नति देने के लिए वे उसमें क्या गुण देखना चाहते हैं, तो आपको दस भिन्न-भिन्न उत्तर मिलेंगे। आप चाहें तो ऐसे पचास गुणों की सूची बना सकते हैं जिनमें से प्रत्येक को अनेक उद्योगपति किसी कर्मचारी को उन्नति देने के लिए उसमें देखना चाहते हैं।

इसपर भी ऐसी बातें थोड़ी ही हैं जिनसे सुदक्ष स्वामी मुख्यतः प्रभावित हो पाते हैं। आइए इनमें से अधिक महत्त्वपूर्ण थोड़ी-सी बातों पर विचार करें।

उत्साह—अनेक प्रबंध-निर्देशक कहते हैं, "किसी कर्मचारी को उन्नति देने के लिए मैं उसमें ज़ो एक गुण देखना चाहता हूं वह है 'उत्साह'।"

उत्साह अपने काम को पसंद करने और अपने काम के सभी पहलुओं में सजीव स्नेह रखने और विकास की संभावनाएं देखने से उत्पन्न होता है। कुछ लोगों को कोई व्यवसाय कितना ही साधारण क्यों न दीख पड़े, उसमें प्रायः सदा ही कई ऐसे विशेष लक्षण रहते हैं जो कल्पना को उत्तेजित कर सकते हैं।

जिस व्यक्ति ने आगे बढ़ते रहने का दृढ़ संकल्प कर रखा है, वह बहुत-

से कामों का उपयोग उद्देश्य-पूर्ति के साधन के रूप में भी कर सकता है। आवश्यक बात यह है कि जो काम आपको करना है उसे अपनी पूरी शक्ति से कीजिए। इस रीति से आप सर्वोच्च मात्रा में सन्तोष प्राप्त करेंगे और अपनी प्रत्याशाओं को अधिक उज्ज्वल बना लेंगे।

बहुत-से काम इसलिए अरुचिकर लगते हैं क्योंकि उनको अरुचिकर आंखों से देखा जाता है। पर्याप्त उत्सुकता के साथ दिलचस्पी ढूंढ़िए और आप उसे पा लेंगे।

एक मनुष्य अपना निश्चित दैनंदिन कार्य बिना मन लगाए मशीन की तरह करता है और उससे घृणा करता है।

एक दूसरा व्यक्ति भी वैसा ही आवृत्ति वाला काम करता है। परन्तु वह बड़े उत्साह के साथ अधिक से अधिक परिमाण में काम कर दिखलाना चाहता है। वह इतना काम कर डालता है जितना पहले किसीने नहीं किया। जिस यंत्र के साथ वह काम करता है उसे भी वह इतना साफ-सुथरा रखता है कि वह दूसरों से अलग और बढ़िया दीख पड़ता है।

वह सोचने लगता है और उसे पद्धति के सुधार की संभावना दीख पड़ती है। वह एक सुझाव प्रस्तुत करता है और कारखाने वाले उसे ग्रहण कर लेते हैं। उसे एक और विचार सूझता है, और उसका उत्साह और भी बढ़ जाता है।

वह अपने चारों ओर प्रफुल्लता फैला देता है। वह अपने सब साथियों के पास खूब धन-संपदा चाहता है। परन्तु वह अपनी महत्त्वाकांक्षा के सम्बन्ध में किसीको सन्देह में नहीं रखता। इसलिए यह कोई आश्चर्य की बात नहीं कि जब कोई ऊपर के अधिकारी की जगह खाली होती है तो उसके लिए उसे ही चुना जाता है।

अपने काम के प्रति मध्यमान वृत्ति रखने के आधार पर ही आप पदोन्नति के लिए चुने जाने की प्रत्याशा नहीं रख सकते। आपको इस बात का निश्चय होना चाहिए कि आप अपने इर्द-गिर्द के सब लोगों की अपेक्षा अधिक काम करते और उसमें अधिक उत्सुकता दिखलाते हैं।

यदि आपको कोई ऐसा काम मिला है जिसे आप उसे पूरा करने के लिए

मिले समय से दो घंटे कम में ही समाप्त कर लेते हैं तो, उन दो घंटों को व्यर्थ नष्ट करने के स्थान में, किसी दूसरे ऐसे काम में लगाइए जिससे उस फर्म को लाभ होगा।

यदि उन घंटों में करने के लिए आप स्वयं कोई काम नहीं ढूंढ सकते तो फर्म वालों से कहना अच्छा है कि आपको कोई अतिरिक्त काम दें। अपनी क्षमता से कम करते रहने से अपकर्ष हो जाता है। जो भी काम कीजिए चित्त लगाकर कीजिए। अंग्रेजी में कहावत है कि काम प्रभु की पूजा है।

ज्ञान—दूसरे मनुष्य की अपेक्षा थोड़ा अधिक ज्ञान व्यक्तिगत उन्नति करने के लिए एक दूसरा महत्त्वपूर्ण सिद्धान्त है। प्रगति के लिए अध्ययन द्वार खोल सकता है।

जो काम आप कर रहे हैं उसके सम्बन्ध में नई-नई बातें सीखने का यत्न करते रहिए। अनेक ऐसे लोग जो समझते हैं कि हमें अपने काम के सम्बन्ध में सब कुछ पता है, वास्तव में, उन्हें इसका बहुत थोड़ा ऊपरी ज्ञान ही रहता है।

अपनी सामान्य पृष्ठभूमि और योग्यताओं को उन्नत करने के लिए अध्ययन कीजिए। कई बार इस बात पर किसी दूसरे का परामर्श लेना हितकर रहता है कि हम क्या अध्ययन करें और कौन प्रशिक्षण, पाठ्य-तालिका (ट्रेनिंग कोर्स) सबसे अधिक उपयोगी रहेगी।

रामनाथ एक क्लर्क का काम करता था। उसने अपने व्यवस्थापक से परामर्श लिया कि मैं रात्रि-पाठशाला में क्या अध्ययन करूं ? व्यवस्थापक उसमें प्रगति करने की आकांक्षा देख बड़ा प्रभावित हुआ। वह उसके साथ देर तक विचार करता रहा। परिणाम यह हुआ कि रामनाथ ने एक तीन वर्ष का कार्यक्रम बना लिया और प्रत्येक विकास-काल की योजना तैयार कर ली।

इससे उसे खूब लाभ हुआ। जब उसने अध्ययन समाप्त किया तो उसके एक शाखा-कार्यालय में एक ऊंचा स्थान खाली हुआ। उस स्थान के लिए उसकी आयु छोटी थी। परन्तु उसका मैनेजर रात्रि-पाठशाला में उसकी प्रगति

को बड़े अनुराग के साथ देखता चला आ रहा था। उसने झट उसे उस स्थान के लिए बिलकुल ठीक व्यक्ति कहकर उसकी सिफारिश कर दी।

इस प्रकार रामनाथ को पदोन्नति मिल गई। आप नहीं कह सकते कि आपने जो ज्ञान प्राप्त किया है वह कब उपयोगी सिद्ध हो जाए। परन्तु कई अध्ययन ऐसे भी हैं जो, आपका कोई भी धंधा क्यों न हो, विशेष रूप से मूल्यवान हैं। उनमें से तीन मुख्य ये हैं—सार्वजनिक भाषण, लिखना और माल बेचने की कला।

जो व्यक्ति इस समय आपसे ऊपर है, उसके काम का, जहां तक भी हो सके, बारीकी से अध्ययन करना एक बहुत बढ़िया कला है। इसे सीखने में आपके इर्द-गिर्द के व्यक्ति जितना परिश्रम करते हैं आप उससे अधिक कीजिए। निश्चय ही वह अवसर आएगा जब आपके ऊपर का व्यक्ति चला जाएगा। उसके स्थान में काम करने के लिए आपको ही चुना जाएगा।

दूसरों के साथ अच्छे संबंध—जान डी० राकफेलर ने लिखा था, "लोगों के साथ निभाने की योग्यता, खांड या चाय की तरह, खरीदी जा सकती है। मैं इस योग्यता के लिए जितने दाम देने को तैयार हूं उतने किसी दूसरी वस्तु के लिए नहीं।"

आपको इस बात का निश्चय होना चाहिए कि आप अपने से बड़ों, अपने साथियों, बराबर वालों और अपने से छोटों के साथ भली भांति निभा सकते हैं। सबके साथ निभा सकने वाला व्यक्ति होने की ख्याति प्राप्त कीजिए। कई लोग जिनमें दूसरे अनेक उत्तम गुण हैं, केवल इसलिए नीचे पड़े रह गए हैं क्योंकि उनके सम्बन्ध में यह बात फैल गई है कि वे बड़े अक्खड़ सहयोगी या 'अभागे चलन वाले' हैं।

जहां तक अपने से उच्चतर पद वालों के साथ अच्छी तरह निभाने का सम्बन्ध है, अनुकूल संस्कार डालने के लिए चरण चाटने, चापलूसी या दम्भ का कोई प्रयोजन नहीं। वास्तव में, दासों की भांति गिड़गिड़ाने का अनेक प्रभुओं पर बहुत बुरा प्रभाव पड़ता है।

परन्तु यह मालूम करना कि आपका प्रभु किस बात को पसंद करता और किसको नापसन्द करता है, एक समझदारी की नीति है। जिन बातों

को वह महत्त्वपूर्ण समझता और अधिमान देता है, उनको सीखिए। उसकी अभिलाषाओं का ज्ञान न रहने या उनको दृष्टि-विगत कर देने से, हो सकता है, आप कभी-कभी बुरा संस्कार उत्पन्न कर दें। परन्तु आपको इस योग्य होना चाहिए कि अच्छे संस्कार अधिक डालकर उन बुरे संस्कारों को मात कर दें।

अपने बड़े अधिकारी को एक ऐसे मित्र के रूप में देखने का प्रयत्न कीजिए जिसके काम को सफल बनाने में आप उसकी सहायता कर सकते हैं। आपको इस बात का निश्चय होना चाहिए कि आप उसे गम्भीर रूप से नीचे नहीं गिराते और न झंझट में ही डालते हैं।

उसके आज्ञाकारी हूजिए। अनेक लोग अपने उच्चाधिकारी की सदा कमियों को ही देखते और उसके दोषों की दूसरे लोगों के साथ चर्चा किया करते हैं। यह उनकी भारी भूल है। इससे कहीं अधिक अच्छी नीति उसकी अच्छी बातों पर ध्यान देना है।

अच्छे सम्बन्ध बनाए रखने के लिए आत्म-संयम अत्यावश्यक है। जब अनुचित रूप से आपकी आलोचना की जाती है, आपके साथ अशिष्ट व्यवहार किया जाता है, पर आपको वह चीज़ नहीं मिलती जिसे आप अपना अधिकार समझते हैं, तब आपका कुपित हो उठना आसान होता है।

इसपर हो सकता है कि आप कह दें, "मैं उसकी यह बात सहन करने को तैयार नहीं।" और कदाचित् आप उसे सुना भी दें।

परन्तु इससे आपको कुछ प्राप्त नहीं होगा, वरन् आपको बहुत क्षति भी पहुंच सकती है।

कुछ अन्यायों और अनर्थों के संबंध में धैर्य और सहिष्णुता से प्रायः बहुत लाभ होता है। अपने प्रभु को कभी-कभी क्रुद्ध होने दीजिए। यह समझकर शान्त रहिए कि इसका कारण अपने पद के कारण उसपर पड़ने वाला तनाव और दबाव है।

परन्तु इस बात का पूरा ध्यान रखिए कि उससे आप न चिढ़ जाएं। संभव है, आपको स्पष्ट बात कहने की आवश्यकता हो, परन्तु इस बात का सदा ध्यान रखिए कि आपका अपने विचार व्यक्त करने का ढंग ऐसा हो जिससे आपके

प्रभु के माथे पर त्योरी न पड़े।

काम के अनेक स्थानों में एक बड़ी कठिनाई अपने ऊपर के अधिकारी को प्रसन्न रखने और साथ ही अपने दूसरे साथियों में भी लोकप्रिय बने रहने में होती है। कई बहुत महत्त्वाकांक्षी व्यक्ति जो अपने वरिष्ठों को प्रभावित करने के यत्न में इतने आविष्ट रहते हैं कि वे अपने को दूसरों से पथक कर लेते हैं, परन्तु इनका जो जीवन काम करने में बीतता है वह आनन्ददायक नहीं रहता और जिस उन्नति की वे आशा लिए रहते हैं वह भी वे ले नहीं पाते।

स्मरण रहे कि अनेक बार ऐसा मनुष्य उन्नति प्राप्त करता है जिसकी प्रशंसा और सम्मान उसके निकटतम काम करने वाले लोग करते हैं। ऐसा मार्ग ग्रहण कीजिए जिससे यदि आपको उन्नति मिले तो आपके सहयोगी प्रसन्न हों।

आशावादिता और प्रफुल्लता दो अति आवश्यक साधन हैं। कठिन स्थितियों को मनोहर ढंग से स्वीकार कीजिए और आनन्दप्रद बने रहिए। आगे बढ़ने की अपनी आकांक्षा के संबंध में मौन भाव धारण किए रखिए। यदि आप उन्नति करके कोई अधिक उत्तरदायित्त्व वाला पद पाने की अपनी योजना के सम्बन्ध में निरन्तर वाद-विवाद करते रहेंगे तो संभव है आपके इर्द-गिर्द के लोगों द्वारा की जाने वाली आलोचना, खिल्ली या विरोध के रूप में गम्भीर बाधाएं उपस्थित हो जाएं।

अपने-आपको सब कुछ जानने वाला दिखलाने से बचिए। यदि आप समय-समय पर दूसरों का परामर्श मांगते रहेंगे तो वे आपको अधिक पसन्द करेंगे। परन्तु किसी दूसरे को प्रोत्साहित करने और सहायता देने के लिए सदा तैयार रहिए।

एक दूसरा उपयोगी नियम है.दलबन्दी से बाहर रहना। किसी एक विशेष दल तक ही संकुचित न रहकर अपनी मित्रता का द्वार सबके लिए खुला रखिए। दूसरों को भी श्रेय दीजिए, जब भी वे उसके अधिकारी हों। बड़े लोग आपके साथ काम करते हैं, उन सबका बखान करने का यत्न कीजिए।

आपसे छोटी पदवी वाले, जो आपके अधीन काम करते हैं, उनके

साथ सम्बन्ध, आपकी अपनी संभव उन्नति की दृष्टि से अतिशय महत्त्वपूर्ण हैं। यह एक सामान्य बुद्धि की बात है कि यदि आप थोड़े-से कर्मचारियों का सफलतापूर्वक नियन्त्रण नहीं कर सकते तो आपको उनसे अधिक कर्मचारियों का नियन्त्रण सौंपा जाना सम्भव नहीं।

जिस तकनीक की अपेक्षा है उसके सम्बन्ध में बहुत कुछ कहा जा सकता है। परन्तु सर्वोत्तम परामर्श यह है कि अपने अधीनस्थ कर्मचारियों के साथ वैसा ही व्यवहार कीजिए जैसा आप चाहते हैं कि आपका अफसर आपके साथ करे।

सुखद,रूप—हम तर्क कर सकते हैं कि एक मनुष्य प्राणी के नाते हमें यह अधिकार है कि हम जैसे चाहें वैसे वस्त्र पहनें और जैसा चाहें वैसे बने फिरें। परन्तु यदि हमें अपने काम में आगे निकलना है तो किसी प्रकार की सानुकूलता होना आवश्यक है। अनेक होनहार और समर्थ नौकर प्रगति नहीं कर पाए क्योंकि उनके किसी व्यवस्थापक को उनकी वेश-भूषा बुरी लगती थी या उनके व्यक्तिगत स्वभावों से उसे घृणा होती थी।

कई प्रबन्धक, हो सकता है, लड़कियों का पाउडर लगाना या सबके सामने बाल संवारना बुरा न मानें। परन्तु अनेक ऐसे भी हैं जो उन्नति देते समय उस लड़की को छोड़ जाएंगे जिसे उन्होंने कभी सबके सामने पाउडर लगाते या बाल संवारते देखा है।

सर्वोत्तम नियम यह है कि बहुत अधिक फैशन न किया जाए, बहुत भड़कीले और शानदार कपड़े न पहने जाएं। बाल ऐसे ढंग से न बनाए जाएं कि लोग अनायास उधर देखने लगें। कमीज़ ऐसी न हो जिससे शरीर के कुछ अंग अनुचित रूप से नंगे रहें।

अपनी शारीरिक स्वच्छता पर विशेष ध्यान दीजिए। जो उच्चाधिकारी आप साफ-सुथरा रहता है, वह यदि कभी आपके नाखुन या हाथ मैले देख लेगा तो उसपर बड़ा बुरा प्रभाव पड़ेगा।

यदि आपका मुखिया तम्बाकू पीता है तो आपको भी तम्बाकू पीने में कोई डर नहीं रहेगा। यदि वह तम्बाकू नहीं पीता, तो उसके कमरे में, बिना पूछे, सिगरेट जलाने पर वह आपको अविनीत समझने लगेगा। यदि वह

आपको तम्बाकू पीने को कहे भी, तो न पीना ही अच्छी रीति रहेगी, क्योंकि जो व्यक्ति तंबाकू नहीं पीता उसे तंबाकू का धुआं चिढ़ा देता है।

हो सकता है कि तंबाकू पीने वाला मैनेजर दूसरों के तंबाकू पीने पर कुछ ध्यान देता न जान पड़े, परन्तु बहुत संभव यह है कि तंबाकू पीने वाले व्यक्तियों के चले जाने के बहुत देर बाद तक भी अपने कमरे को धुंए से भरा पाकर उसे बुरा लगे।

विश्वासयोग्य होना—कई धंधे ऐसे हैं जिनमें आप जब तक विश्वासयोग्य न हों, उन्नति नहीं कर सकते हैं। जो काम आप करते हैं उसके परिणाम और गुण के संबंध में अपना आदर्श ऊंचा रखिए।

अपने मुखिया की सभी योजनाओं और आदर्शों को अपने पूरे सामर्थ्य के साथ—और जब तक विलम्ब के लिए कोई ठोस कारण न हो, सदा बिलकुल ठीक समय पर—पूरा करने का अभ्यास कीजिए।

जिस भी काम को आपको हल करना है उसे दुरुस्ती के साथ करने में कोई कसर न उठा रखिए। एक अकेली गलती, जैसाकि कागज़ के टुकड़े पर लिखा जाने वाला कोई गलत अंक, कंपनी को बहुत महंगी पड़ सकती है। इसलिए अपने काम को सावधानी के साथ पड़ताल करने के लिए सदा पर्याप्त समय दीजिए।

यदि आपका स्वामी किसी विषय पर आपकी सम्मति मांगे, तो इस बात का आपको दृढ़ निश्चय होना चाहिए कि जो विचार आप प्रकट करते हैं वे तथ्यों पर आधारित हैं। जब आप कोई सुझाव दें तो पहले इस बात का निश्चय कर लीजिए कि आपकी बातें सब सत्य हैं।

यदि आपको अपने काम में निर्णय देने पड़ते हैं तो कोई काम करने दौड़ पड़ने के पहले ठोस तथ्य खोज निकालने के लिए छोटीछोटी बातों के लिए हुज्जत करने वाला व्यक्ति बन जाइए।

आकस्मिक संकट में दूसरों की सहायता के लिए सदा तैयार रहिए, चाहे इससे आपकी व्यक्तिगत सुविधा में कुछ गड़बड़ भी पड़ती हो। यदि आप अपने काम में प्रगति करना चाहते हैं, तो आपका सिद्धान्त होना चाहिए, 'पहले काम, पीछे आराम'।

आपको जो कुछ करना है उसे फुर्ती से कीजिए। मन ही मन कुढ़ते न रहिए, और न ही अपने को म्लान प्रकट कीजिए।

विश्वासयोग्य होने का नाम पाना एक अमूल्य चीज़ है। यह सुचिन्तित उद्योग द्वारा धीरे-धीरे उत्पन्न किया जा सकता है। यदि बड़ी सावधानी से इसकी रक्षा न की जाए, तो यह एक रात में ही नष्ट भी हो जाता है।

परन्तु उन्नति पाने के लिए एक सर्वोत्तम सिफारिश यह सम्मान है कि "वह सदा ही विश्वासयोग्य है, आप उसपर पूरा-पूरा भरोसा कर सकते हैं।"

जो बातें यहां कही गई हैं उन्हें व्यवहार में लाइए। फिर आप अपने काम में प्रगति करने में कभी विफल नहीं होंगे।

भाषण : एक कला

डेल कारनेगी नामक एक अमेरिकन विद्वान सार्वजनिक भाषण देने की कला सिखाने वाले के रूप में बहुत लोकप्रिय हो गया था। वह अपनी एक पुस्तक में एक बड़े व्यापारी की कहानी लिखता है। उस व्यापारी को एक सभा में तुरन्त भाषण देने के लिए कहा गया था।

यद्यपि उस सभा में जितने लोग बैठे थे उन सबसे अधिक उसे अपने वाणिज्य का ज्ञान था, फिर भी वह ठूंठ की भांति चुप खड़ा रह गया।

उसने क्षमा चाही। वह एक भी वाक्य मुंह से न निकाल सका। इसका कारण ? उसे ज्ञान नहीं था कि कहां से आरम्भ करे। उसे अपने विचारों और जानकारी को छांटने और श्रोतागण के सामने स्वाभाविक रीति से और आसानी के साथ बोलने का कोई अनुभव नहीं था।

उससे छोटे अनेक लोगों ने भी अपने को इसी प्रकार की क्लेशप्रद अवस्था में पाया है। यह कितना मान-मर्दनकारी अनुभव है !

परन्तु वास्तव में किसी भी औसत मनुष्य को यह कहने का कोई प्रयोजन नहीं कि "मैं कोई वक्ता नहीं।" कोई भी व्यक्ति सामान्य रूप से अच्छा बोल सकता है। उसे यह काम कैसे प्रारम्भ करना चाहिए?

इसका उत्तर यह है कि सबसे पहले तो आप जो कुछ कहना चाहते हैं, वह आपके मन में स्फटिक के समान साफ और स्पष्ट होना चाहिए। कोई अस्पष्ट-सी चीज़ होना पर्याप्त नहीं। उसका ठोस और निश्चित होना आवश्यक है।

सौभाग्य से, छोटे-से भाषण के लिए कुछ न कुछ साधारणतः हमें मिला हुआ है। ऐसे छोटे भाषण की आवश्यकता प्रायः किसी वक्ता या सभापति को धन्यवाद देने या विवाह या उपाधि-दान के अवसर पर बधाई देने के लिए हुआ करती है।

ऐसे अवसरों के लिए अपने-आपसे पूछिए, 'जिस प्रस्ताव पर मैं बोलने जा रहा हूं उसका समर्थन करने के लिए मेरे पास क्या कारण है ?' या 'मैं इस दूल्हा या प्रायः सभी दुल्हों के बारे में क्या जानता हूं?' उत्तर को एक कागज़ के टुकड़े पर लिख लीजिए—कुछ तोप्रासंगिक बातें और कुछ ऐसी जिनके बारे में आप स्वयं जानते हैं, आप सचमुच कुछ कह सकते हैं। यह अपने लक्ष्य को स्पष्ट करना कहलाता है।

बहुत-से वक्ता तो ऐसे देखे जाते हैं जिनके भाषण से यह टपकता है कि उनको इस बात की बहुत स्पष्ट कल्पना ही नहीं कि वे किस विषय पर बोलने के लिए खड़े हुए हैं। इसलिए कुछ मिनट बे-सिर-पैर की बातें करने के बाद वे बैठ जाते हैं। जिस विषय पर उन्हें बोलना था उसके साथ उन बातों का कोई दूर का भी संबंध नहीं रहता।

अपने लक्ष्य को स्पष्ट कीजिए। यह बात किसी छोटे-से भद्र भाषण में कठिन नहीं होती जिसमें एक और केवल एक ही बात कहनी होती है।

जहां आप वार्तालाप कर रहे हैं या भाषण दे रहे हैं, वह अवसर जितना अधिक लौकिक होता है उतना ही अधिक विचार और तैयारी की अपेक्षा होती है। आपको अपनी बातों की सत्यता के विषय में निश्चय होना चाहिए यह बहुत अधिक सुन्दर ढंग है। सबसे अच्छा यह है कि आप बोलने का

समय आने के पहले ही सब कुछ तैयार कर लें। अपने भाषण के विषय के बारे में जितना कुछ भी आपको मिल सके सब पढ़िए। जो-जो आपको महत्त्वपूर्ण जान पड़ें उनपर निशान लगाइए, वरन् अच्छा तो यह है कि अपने पास एक नोट बुक रखिए और उसपर नोट लेते जाइए।

इससे आपके वार्तालाप या भाषण के लिए आपको सामग्री मिल जाएगी। परन्तु सामग्री एकत्र कर लेने से ही भाषण नहीं बन जाता। चुनने की प्रक्रिया अगला पग है, और इसके लिए निर्णय और विवेचन की आवश्यकता है। आपको सोचना होगा कि उस अवसर के लिए क्या उपयुक्त है और क्या प्रसंगानुकूल है

यदि आपके पास सीमित समय है, तो आपको मैदान में बहुत आगे नहीं निकल जाना चाहिए। आपके पास सब बातें कहने के लिए समय नहीं है।

इस बात पर भी ध्यान देना चाहिए कि सभा का रूप क्या है और उसमें आने वाले श्रोतागण किस प्रकार के हैं।

क्या वे.बच्चे और लड़के हैं या बड़ी आयु के लोग हैं ? क्या आपके श्रोताओं में कुछ ऐसे हैं जिन्हें इस विषय का बहुत कुछ ज्ञान है और कुछ ऐसे भी हैं जिनके लिए यह विषय न्यूनाधिक नया है ?

पुरुषों के एक क्लब में दी गई वक्तृताएं सुनने का संयोग मिला। उनका विषय रसायनशास्त्र और उद्यानविद्या था। प्रत्येक व्याख्याता अपने-अपने विषय का प्रकाण्ड पण्डित था। परन्तु उन्होंने वहां बातें इतनी उच्च कोटि की कहीं कि श्रोतागण उनसे बहुत कम लाभ उठा सके। व्याख्यान की समाप्ति के बहुत पहले ही श्रोतागण घबराहट, थकावट और तंगी अनुभव करने लगे।

यदि वक्ता अपने को थोड़े-से मौलिक तथ्यों तक ही सीमित रखता और सादी भाषा में वर्णन करता तो उसका भाषण प्रत्येक को विमोहित कर लेता।

इसलिए अपनी सामग्री छांटने में हम जो समय लगाते हैं वह समय का सदुपयोग ही होता है। आपका अगला पग अपनी सामग्री को साफ-सुथरे और

संक्षिप्त वार्तालाप या भाषण का रूप देना है। प्रत्येक वार्तालाप और भाषण का आदि, मध्य और अन्त होना चाहिए, चाहे वह कुछ मिनट का भाषण हो और चाहे आध घंटे का।

आरम्भ इस ढंग का हो कि सुनने वाले के कानों को एकदम पकड़ ले। लंवी भूमिका बांधने पर समय नष्ट न कीजिए। यदि बोलने के लिए आपको कोई विषय दिया गया है तो आप कह सकते हैं—"मेरा आज का विषय..." या "मुझे आज रात इस विषय पर कुछ बोलने के लिए कहा गया है।"

आप कैसे भी आरम्भ करें, एक-दो वाक्यों में स्पष्ट कर दीजिए कि आपकी वर्णन शैली क्या होगी। उदाहरण के लिए, "मुझे इस प्रस्ताव का अनुमोदन करते प्रसन्नता होती है," इससे श्रोताओं का ध्यान तुरन्त ठीक दिशा में खिंच जाता है और वक्ता के रूप में आप भी टेढ़े-मेढ़े नहीं चलने पाते।

इसके उपरान्त जो कुछ आप कहना चाहते हैं उसपर आइए। सर्वोत्तम बात यह होगी कि अब आप शान्तिपूर्वक और सोचसमझकर बोलें, ताकि आपके श्रोता उसे ग्रहण करके आनन्द ले सकें। तब सरलतापूर्वक क्रमशः अपने विषय की गहराई की ओर पग बढ़ाइए।

सुगम पग

अपने मन में बहुत कुछ की कल्पना यों ही न कर लीजिए। स्मरण रखिए, हो सकता है, आपका मन अपने विषय से परिपूर्ण हो, परन्तु आपके बहुत-से श्रोता इसे पहली बार सुन रहे हों या उन्हें इस विषय का केवल धुंधला-सा परिचय हो। इसलिए किसी ऐसी बात से आरम्भ कीजिए जो पूरी तरह स्पष्ट हो। कोई ऐसी चीज़ जिसे सब कोई जानता है। वहां से थोड़ा-थोड़ा आसानी के साथ अपने वार्तालाप के अधिक कठिन या विवादास्पद भाग की ओर बढ़िए।

सार्वजनिक भाषण द्विमार्ग व्यापार है। यह आवश्यक है कि आप अपने श्रोताओं को सारा मार्ग अपने साथ ले चलें। यही कारण है कि किसी भी भाषण का आरम्भिक भाग इतना महत्त्वपूर्ण होता है। यदि आप आरम्भ में ही

अपने श्रोतागण हाथ से खो बैठे तो फिर आप उन्हें पूरी तरह खो बैठेंगे फिर वे कभी आपके अधिकार में नहीं आएंगे।

अब हम आपके भाषण या अभिनन्दन के शरीर में आपकी सामग्री को वास्तविक रूप देने को लेते हैं। दो महत्त्वपूर्ण चीजें हैं—प्रासंगिकता और स्पष्टता। जिस बात का आपके वास्तविक विषय के साथ संबंध न हो उसे अवश्य छोड़ देना चाहिए और अपने भाव को स्पष्ट करना चाहिए।

अपनी सामग्री में से तथ्यों के वह ब्योरे छांट लीजिए जिनका आपको प्रयोजन है, और उनका उपयोग करने के पहले इस बात का निश्चय कर लीजिए कि उनको सत्य प्रमाणित किया जा सकता है। जो विविध विचार और युक्तियां आपको विश्वासजनक प्रतीत हों उनको इकट्ठा कर लीजिए। और तब उनको सुव्यवस्थित अनुक्रम में छांट लीजिए।

अपने तथ्यों को होशियारी के साथ इस प्रकार तरतीब दीजिए कि एक बात स्वाभाविक और अनिवार्य रूप से दूसरी बात तक ले जाए। इस बात को जानिए कि आप कहां जा रहे हैं और देखिए कि आपकी युक्तियां सचमुच विश्वासजनक हैं। अपनी सामग्री को पूरी तरह पचा लीजिए और अपने-आपको यों ख्याल कीजिए कि आप किसी मित्र से बातें कर रहे हैं और उसे बता रहे हैं कि आप इस बात में क्यों विश्वास करते हैं और उस बात में क्यों विश्वास नहीं करते।

यह सारी बात आपको जितनी अधिक स्पष्ट होगी आपके लिए इसे जनता को समझाना उतना ही सुगम होगा। अगली बात यह कि आपके सभी तर्क और विषय सुव्यवस्थित अनुक्रम में हों, परन्तु इस बात का ध्यान अभी भी रक्खा जाए कि आपके श्रोता आपके आशय को समझे। इसका अर्थ है, जो कुछ आप कहना चाहते हैं उसके लिए ठीक-ठीक शब्द ढूंढना।

समझदारी की बात यह रहेगी कि वार्तालाप या भाषण के अधिक महत्त्वपूर्ण और कठिन अंश लिख लिए जाए। सर फ्रांसिस बेकन का कथन ठीक ही है कि "ज्ञान मनुष्य को पूर्ण बनाता है, परन्तु लेखन बिलकुल ठीक मनुष्य बनाता है।"

यदि आप अपना भाषण कागज़ पर लिख लेंगे तो आप उसके व्यर्थ शब्द काटकर अपने आशय को सर्वोत्तम रूप से साफ और स्पष्ट कर सकेंगे।

जिन श्रोताओं को आप सम्बोधन कर रहे हैं उनपर भी आपको विचार करना होगा। इसके लिए हो सकता है कि आपको कठिन और अप्रचलित शब्दों को सरल बनाना या निकाल देना पड़े। लेज़ली वेदरहेड नामक प्रसिद्ध प्रचारक कहता है कि "मेरी आकांक्षा यह रहती है कि समाज में बैठे हुए पन्द्रह वर्ष की आयु से ऊपर के लोग और औसत बुद्धि का प्रत्येक व्यक्ति न केवल समझ सके, वरन् मेरे उपदेश को ग्रहण भी कर सके। मैं अपना उपदेश पहले पांच-छः बार लिखता हूं, तब प्रचार करता हूँ; फिर घर लौटकर उसे दुबारा लिखता हूं, क्योंकि मैं अनुभव करता हूं कि अर्थ-विषयक अस्पष्टता या भ्रान्ति के किभी सम्भव संयोग के बिना ही विषय-वस्तु अधिक स्पष्ट रूप में रखी जा सकती है।"

जब आपने अपने भाषण के एक अच्छे आरम्भ की योजना तैयार कर ली और भाषण के मध्य भाग में आपको जो कुछ कहना है उसके सारांश को भली भांति पकड़ लिया, तब इसके अन्त पर भी आपकी दृष्टि जा पहुंचेगी। परन्तु आप नहीं चाहते कि भाषण का अन्तिम भाग दुर्बल हो। यह कहना निपट निरीहता है कि "बस मुझे इतना ही कहना था।" यह बात इससे भी अधिक दुर्भाग्यपूर्ण है कि आप यों ही बातें करते चले जाएं, यों ही घूम-घुमाव करें और जो बात आप पहले ही कह चुके हैं उसीको मुड़-मुड़कर कहने लगें और व्यर्थ ही भाषण को सुचारु रूप से समाप्त करने का अवसर ढूंढ़ते रहें।

भाषण की समाप्ति की योजना बड़े ध्यान से तैयार करनी चाहिए। उपसंहार की पुरानी रीति, जिसमें बोलते-बोलते बहुत ऊंचे शिखर पर चढ़ जाया करते थे, अब पसन्द नहीं की जाती। समाप्ति संक्षिप्त, स्वाभाविक और अवश्यम्भावी होनी चाहिए, जिससे सुनने वाला अनुभव करे कि भाषण पूर्ण हो गया है और कहने के लिए कुछ और शेष नहीं।

यह बात कैसे प्राप्त की जाए ? कुछ तो भाषण के रूप पर

निर्भर करता है। यदि आप धन्यवाद करने या बधाई देने के लिए खड़े हुए हैं तो औपचारिक और अभ्यस्त शब्दों का प्रयोग कर सकते हैं, जैसे कि "अब मैं आप सबसे निवेदन करता हूं कि इनको हार्दिक धन्यवाद देने में मेरे साथ सम्मिलित हों।" या "वर और वधू के लिए सुखी तथा सफल जीवन की शुभ कामना में मेरा साथ दीजिए।"